これが、記録神……？
目の前に現れたのは一人の少年だった。

「《狼の大口《ネメシス・アギト》》！」

足元の影からズブリと出現するフェンリルの頭部。
そこへ次々とキメラの槍が降り注ぎ。

不意に鐘の音が途切れたかと思うと、
今度は少女の声が頭の中に響き始めた。
『ぴんぽんぱんぽーん。
えー。全世界のみなさーん。こんにちはー』

フェンリルに転生したはずがどう見ても柴犬

FENRIR ni tensei shitahazuga domitemo SHIBAINU

柴犬（最強）になった俺、もふもふされながら神へと成り上がる

vol.3

六升六郎太
Rokumasu Rokurouta
ill. にじまあるく

口絵・本文イラスト　にじまあるく

Contents

FENRIR ni tensei shitahazuga domitemo SHIBAINU

vol.3

【二巻までのあらすじ】

新種のモンスターの被害《ひがい》が拡大していると聞き、『フェンリル教団』の一行が駆《か》け付けると、そこは以前、エリザから「近づくな」と忠告を受けた町だった。

危険を顧《かえり》みず調査を続けると、ヴォルグの地下に流れる下水道で、『創造神』と呼ばれる唯一神候補《ゆいいつしんこうほ》が新種モンスターを生み出していることが判明。さらに、神の力を強化する『カミガカリ』と呼ばれるソフィアの能力が敵に狙《ねら》われてしまう。

『創造神』との戦闘《せんとう》で瀕死《ひんし》の重傷を負ったタロウだったが、ソフィアの持つ『カミガカリ』の力を利用し、なんとか勝利を手にすることができた。

しかし、『創造神』を裏で操《あやつ》り、ソフィアの故郷を滅《ほろ》ぼした『記録神《きろくのかみ》』なる凶悪《きょうあく》な唯一神候補の存在が垣間見《かいまみ》える。

◇◆◆◇◆◆◇◆◆◇◆◆◇◆◆◇◆◆◇◆◆◇

〈名前〉タロウ
〈種族〉フェンリル
〈職業〉使《つか》い魔《ま》
〈称号《しょうごう》〉犬神フェンリル

体力：12000
筋力：9500
耐久《たいきゅう》：3600
俊敏《しゅんびん》：23000
魔力《まりょく》：20000

〈神格スキル〉：《狼の大口《ネメシス・アギト》》・《影箱《かげばこ》》・《超嗅覚《ちょうきゅうかく》》・《混沌の残像《ケイオス・デジャヴュ》》・《神速》
〈通常スキル〉：《麻痺《まひ》無効》・《麻痺牙《パラライズ・ファング》》・《念話》・《ケダモノの咆哮《ほうこう》》・《爪撃《そうげき》》

〈新神格スキル詳細《しょうさい》〉

《神速》：限界を超《こ》えて己《おのれ》の速度を上昇《じょうしょう》させる。

プロローグ

これはまだ、タロウがフェンリルとして異世界に転生するより前の天界での話。

周囲をピンク色の壁《かべ》で囲まれた妙《みょう》に明るい空間の中央で、ごろんとベッドに転がりながらスマホを眺《なが》めている少女が一人。

くるりと巻いたツインテール。かわいらしいフリルがついたドレス。枕元《まくらもと》でちょこんと座《すわ》っているクマのぬいぐるみ。そのどれもこれもがピンク色で彩《いろど》られている。

少女は瞳《ひとみ》の中に浮《う》かぶハートマークを輝《かがや》かせ、スマホ画面に嬌声《きょうせい》を漏《も》らす。

「はわわっ！　こ、この猫《ねこ》ちゃんも、さっきのわんちゃんもかわいすぎっ！　こんなの、リリー我慢《がまん》できなくなっちゃうよっ！」

その後もしばらく、ベッドの上で悶《もだ》えるように身をよじりながら、スマホ画面に流れるもふもふだらけのゆるふわアニマル動画を眺めるリリー。

少女はこれでもれっきとした女神《めがみ》の一人である。

「リリー……。あなたに頼《たの》みたいことがある……」

不意に投げかけられたその声に、リリーはぎょっとして思わず持っていたスマホを落としそうになった。

慌《あわ》ててベッドから飛び起き、声がした方へ視線を向けると、そこには別の女神の姿があった。

長い黒髪《くろかみ》で片目を隠《かく》し、片翼《かたよく》しかない真っ白な翼は薄《うっす》らと自ら光を放っている。

リリーは久しぶりに見る友人の姿に、さっきまでの溌溂《はつらつ》とした笑《え》みを浮かべて抱《だ》き着いた。

「クロエ！　久しぶり！　むふふっ。さすがクロエ。抱き心地《ごこち》がかわいすぎるぅ！」

クロエ、と呼ばれた片翼の女神は、ふふ、と小さく鼻で笑い、リリーの両肩《りょうかた》に手を置いた。

「かわいい抱き心地ってなに……。リリーはあいかわらずだね……」

「リリーは『かわいいもの好き』の女神だからねっ！　かわいいものには敏感《びんかん》なのっ！

……けど、今日は突然《とつぜん》どうしたの、クロエ？　たしか、クロエはまだ選定の儀《ぎ》の途中《とちゅう》だったはずだよね？　もしかしてサボりぃ？　いけないんだぁ～！」

「リリーと一緒《いっしょ》にしないで……。私はただ……担当してた子が……もう……」

言い淀《よど》むクロエの表情から、選定の儀に敗北して天界へ戻《もど》ってきたことを悟《さと》ったリリーは、さっきまでの朗《ほが》らかな表情を陰《かげ》らせた。

「そっかー。負けちゃったんだねー。残念。けど、『気高いもの好き』のクロエがこんな早くに負けちゃうなんて、相手はもしかして『強いもの好き』のライズ？」

「ううん……。違《ちが》う……」

「そうなの？　じゃあ、誰《だれ》にやられちゃったの？」

「……『弱いもの好き』のメッシュ……」

「『弱いもの好き』のメッシュ⁉　あの子ってたしか、『記録神』っていうあんまり強くない唯一神候補の担当だよねっ？　それでどうして、『気高いもの好き』のクロエが担当するフェンリルが負けちゃうの？」

「……『記録神』の能力は、自分の体に触《ふ》れた相手の神格スキルを三分間だけ使用できる複製スキル……。通常であれば、神格スキル以外のスキルを永続的に複製できるフェンリルが負けるような相手じゃない……」

「だったらどうして？」

「答えは簡単……。『弱いもの好き』のメッシュが不正をして、『記録神』を強化している

から……」

「不正⁉　そんなのだめだよっ！　見つかったら怒《おこ》られちゃうよっ！」

「うん……。女神が直接地上に影響《えいきょう》を及《およ》ぼすことは絶対禁止……。もしも見つかったら千年は煉獄《れんごく》行きになるような重罪……。けどそれは、見つかったらの話……」

「どういう意味？」

「ここ数百年、メッシュは選定の儀が終わっても天界へ戻ってきてない……。きっとどこかに隠れてるはず……。それがどこなのか見当もつかない……」

「ふ〜ん。『弱いもの好き』のメッシュらしいねっ！　あの子隠れるのは本当に得意だからっ！」

「……けど、そんなメッシュでも、必ず人前に姿を現す瞬間《しゅんかん》が存在する……。それは――」

クロエは力強く、リリーの目を見て言う。

「――選定の儀で、敗北した時」

クロエの言葉に、リリーは小さく頷《うなず》いた。

「なるほどっ！　たしかに選定の儀で担当した唯一神候補がやられちゃうと、強制的にその場に召喚《しょうかん》されちゃうからねっ！　そこを捕《つか》まえちゃえばいいわけだねっ！　さっすがクロエ！　次の選定の儀ではがんばってメッシュを打ち負かしちゃって！」

リリーの無邪気《むじゃき》な表情に、クロエは涙《なみだ》をこらえるように目を細めた。

「だめ……。私じゃ、どうやっても今のメッシュには敵《かな》わない……。それに……それに、もう……フェンリルが死ぬのを見たくない……」

打ちひしがれている様子のクロエに、リリーは朗らかに、けれど一切《いっさい》の慈悲《じひ》なく答える。

「気持ちはわかるけど、クロエがやらなくて誰がやるの？　リリーたち女神は地上のことには一切干渉《いっさいかんしょう》しちゃだめ。すべての責任は唯一神候補に押《お》し付けて、身勝手に死地に追いやり、殺し合いをさせる。だったらせめて、死ぬ瞬間くらいは見届けてあげないとねっ。それが女神の責任ってやつだと思うから」

いつも通りの明るい口調。しかし、その言葉には明確な怒気《どき》がこもっていた。

リリーの言ったことはもっともで、クロエは一瞬《いっしゅん》口ごもってしまう。

だが、同じ女神が図《はか》った不正の果て、自分が愛する気高いものが理不尽《りふじん》に命を奪《うば》われる姿を目撃《もくげき》したクロエには、リリーに頼み込《こ》む以外の方法が考えられなかった。

クロエは部屋の床《ゆか》に片膝《かたひざ》をつけると、リリーに向かって頭《こうべ》を垂れた。

「リリー……。いや、選定の儀で勝ち残り、上級女神となったリリー様……。お願いです……。私の代わりにフェンリルを従え、選定の儀で勝利を掴《つか》み、メッシュに正しい裁きをお与《あた》えください」

かしこまったクロエの物言いに、リリーはうんざりするようにベッドに腰《こし》をおろした。

「様なんてつけないでよ、かわいくなぁいっ！　それに、リリーはもう選定の儀には出るつもりないよっ！　リリーには世界中をかわいいもので埋《う》め尽《つ》くすという名誉《めいよ》あるお仕事があるんだからねっ！」

ふんっ、鼻を鳴らしてそっぽを向くリリーに、クロエはポツリとつぶやいた。

「…………なるほど。かわいければ……」

「ん？　何か言った？」

クロエはぐいっとリリーに顔を近づけると、力強く言った。

「フェンリルは、世界一かわいい！」

「…………世界一、かわいい……？」

それまで興味なさそうにしていたリリーは、あからさまにそわそわとしながらクロエの言葉に耳を傾《かたむ》ける。

「そう。世界一かわいい。まさか『かわいいもの好き』のリリーが知らないなんてこと……」

「し、知ってるもんっ！　リリーはどんな小さな『かわいい』だって知ってるもんっ！」

「ならフェンリルのかわいさはよく知っているはずだ！　あのもふもふな手触《てざわ》り！」

「もふもふ……」

「まんまるキュートな黒い瞳！」

「まんまるキュート……」

「そして何より！　押せばぷにっとするあの肉球！」

「ぷにっと……」

クロエの鬼気迫《ききせま》る勢いに、リリーは頭の中でフェンリルの姿を思《おも》い描《えが》き、気づけばにんまりと口角を緩《ゆる》めていた。

「……もふもふ……まんまるキュート……ぷにっと……」

ここぞとばかりにクロエは畳《たた》みかける。

「リリー！　一度でいい！　そんな世界一かわいらしいフェンリルで、次の選定の儀に！　ぜひ！」

がっちりとクロエに掴まれた両手。その真剣《しんけん》な眼差《まなざ》し。

そして何より、頭の中に浮かんだかわいらしいフェンリルの姿に、もはや断る気も起きなかった。

「えへへ。し、しかたないなー。そんなに言うならリリー、一度だけフェンリル担当しちゃおうかなぁ～」

「ありがとうリリー！　この恩は絶対に忘れない！」

こうして、あの悲劇は引き起こされるのであった。

第一話 『柴犬《しばいぬ》と敵の本陣《ほんじん》』

創造神との一戦が終わり、ヴォルグの町の復興もようやく軌道《きどう》に乗ってきた頃《ころ》、瓦礫《がれき》をかき分けたばかりの大通りを一台の馬車が駆け抜《ぬ》けてきた。

復興作業から離《はな》れ、集合していた俺《おれ》たち『フェンリル教団』の目の前にその馬車は停車する。

一陣《いちじん》の風で舞《ま》い上がりそうになる金色の長い髪《かみ》を手で押さえ、ソフィアが言った。

「どうやら、彼女《かのじょ》が到着《とうちゃく》したようですね」

「思ってたよりも早かったな」

馬車を引いていた二頭の馬の荒《あら》い鼻息が、ここまでの道中の長さを表していた。

幌《ほろ》が張られた荷台から一人の幼女……ではなく、リラボルの町のギルド職員、モリアがひょこんと飛ぶようにして姿を現した。

モリアは横にいる俺たちに視線を向けると、やぁ、と小さく手を上げる。

「手紙は無事届いたぞ。遅《おそ》くなって悪かったな。こっちもこっちで色々手続きがあってな」

「いや、予想していたよりもずっと早い対応だ。それで？　あいつは連れてきてくれたか？」

「あぁ。大人しい囚人《しゅうじん》でこっちは大助かりだ」

そう言ってモリアが視線を馬車の荷台に移すと、そこには両端《りょうたん》を二人の屈強《くっきょう》な男に挟《はさ》まれた隻腕《せきわん》の女が立っていた。

左手の手首と、肩《かた》の辺りからなくなった右腕《みぎうで》の代わりに、左足が鉄の鎖《くさり》で繋《つな》がれ、行動を制限されている。

無造作に丸まった赤い髪の間からは、右目を覆《おお》い隠す黒い眼帯が見える。

その隻腕の女、あの『神鬼《しんき》』と行動を共にしていたエリザは、瓦礫だらけの周囲の景色を見ると小さくため息を吐《つ》いた。

「……はぁ。だからヴォルグには行くなって忠告したのに」

馬車から降りたエリザは、ぽんとモリアの頭に手を乗せた。

「ここまで付き添《そ》いありがとね、お嬢《じょう》ちゃん。もうおうちに帰りなさい」

モリアはムキーと苛立《いらだ》ったように両手を上へ突《つ》き出し、ぶんぶんと振《ふ》った。

「だぁかぁらぁ！　子供扱《あつか》いするなって言ってんだろ！　私はこう見えても立派なレディーだ！　手をどけろ！」

エリザに続き、馬車の奥《おく》から降りてきたのはツカサだった。

褐色《かっしょく》の肌《はだ》に、露出《ろしゅつ》の多い黒い服。太ももには愛用のクナイが巻き付けられている。

地面に降り立ったツカサは、道中の疲《つか》れからか、ふぅ、と短く息を吐いた。

「ようやく到着したか……。ふむ。復興は順調に進んでいるようだな」

「よぉツカサ。護衛ごくろうさん。道中問題なかったか？」

「あぁ。平和なものだったよ」

「それはよかった。エマがベッドと食料を用意してくれてる。しばらく休んでてくれ」

「なぁに。これくらいで疲れるような鍛《きた》え方《かた》はしてないさ。けど、まぁ、エマの料理はありがたくいただいておこう」

頭を撫《な》でていた手をモリアに叩《たた》かれたエリザは、改めて俺に視線を向けた。

「それで？　私の魔眼で見てほしいものっていうのはどれのことなの？」

エリザの眼帯越《ご》しに、右目がほんのりと黄色い光を放つのがわかる。

ミリルの体に入り込み、カミガカリであるソフィアを狙った創造神。その創造神が持っていた『カミガカリに反応する十字架《じゅうじか》のペンダント』。

ギルド『ムーンシーカー』のリーダーであるレイナは、魔眼を持つエリザであれば、創造神を裏で操っていた記録神の拠点《きょてん》がわかるかもしれないと話していた。

カミガカリであるソフィアが敵に狙われている以上、不用意な移動は禁物だ。カミガカリを見つける十字架も、エリザのいるリラボルへの移送中を狙われる危険性が高い。

そこでツカサに、エリザをヴォルグへ寄越《よこ》すように書いた手紙を持たせ、帰りはエリザの護衛としてここまで戻ってくれるように指示を出したというわけだ。

ツカサが護衛にいるとはいえ、魔眼で記録神の居場所を見つけられるかもしれないエリザが狙われる可能性が十分あった。

エリザが無事にここまでたどり着いたということは、俺たちの行動はまだ把握《はあく》されていないということも考えられる。だとすれば、次はこちらが先手を取れるか……？

ソフィアは懐《ふところ》から十字架を取り出すと、それをエリザに手渡《てわた》した。

「こちらです。……ただ、最初の頃は私が近くで魔法《まほう》を使うと光って反応していたんですが、今はもううんともすんとも反応しなくなってしまいました……」

十字架を受け取ったエリザは、器用にその手で眼帯を外すと、薄らと黄色い光が宿る魔眼でそれを見つめた。

「おそらく魔力切れで効果を失ったのね。探知系の魔具は常に魔力を消費するから、よく魔力切れを起こすのよ。だからこそ、この魔具がこれまで放ってきた魔力を道しるべに、どのような経路を通ってきたのかがわかる。私のこの魔眼ならね」

「俺の鼻が残り香を探知できるような感じか。魔眼って便利だな」

「……ま、こんな魔眼さえなければ神鬼に目を付けられることもなかったんでしょうけどね……」

人伝《ひとづて》に聞いた話では、エリザは昔小学校の教師をしていたらしい。

だが、神鬼に目の前で生徒たちを拷問《ごうもん》され、その凶行《きょうこう》を止《や》めさせるために《服従紋《もん》》を刻まれ、その後は神鬼の目となって大量虐殺《ぎゃくさつ》に手を貸し続けるほかなかった。

エリザの哀《あわ》れな境遇《きょうぐう》には、同情することさえ憚《はばか》られる。

しかし、いくら生徒のためとはいえ、あの神鬼の手助けをしていたエリザを許す度量は、今の世界のどこにもないのかもしれない。

一瞬《いっしゅん》寂しそうな表情を見せたエリザだったが、すぐに気を取り直した。

「始めるわ。目を瞑《つぶ》ってなさい」

「目を瞑る？　どうして？」

直後、エリザの魔眼から強烈《きょうれつ》な黄色い光が放たれる。

それはまるで波のように周囲へ伸《の》びながら、視線の先にある十字架を取り巻き始めた。

これが魔眼……。すごい洗練された魔力だ……。

帯状の魔力はしばらくの間十字架の周囲を漂《ただよ》った後、再びエリザの魔眼の中にスルスルと戻って行った。

すべての魔力の帯が魔眼に吸《す》い込まれると、エリザは、ふぅ、と息を吐いた。

「終わったわよ」

「……それで？　結果は？　敵の拠点はわかったのか？」

「そう急《せ》かさないで。とりあえず地図を持ってきてちょうだい」

エリザの言葉に、近くで見ていた冒険者《ぼうけんしゃ》ギルドの職員が周辺の地形が描かれた地図を一枚持ってきて、用意した机の上に広げてくれた。

机の足が長かったせいで、犬の俺がどうやって机の上を見ればいいのか悩《なや》んでいると、ソフィアがそっと俺を持ち上げてくれた。

「お、悪いなソフィア」

「スーハー！」

「流れるように匂《にお》いを嗅《か》ぐな」

エリザは机の上に広げられた地図に視線を落とすと、トンと人差し指である地点を示した。

「十字架はいろんなところに縦横無尽《じゅうおうむじん》に移動しているけれど、最初に魔力を吹《ふ》き込まれた場所はここよ」

エリザに指差された地点を見て、俺と同じように、ツカサに抱きかかえられて地図を見つめるモリアが眉《まゆ》をひそめた。

「まさかそこって……『ネオルチア』か？」

続いて、ツカサも苦虫を噛《か》み潰《つぶ》したように続ける。

「世界一の大国、『ネオルチア』。そこに奴《やつ》らの拠点があるというわけか……。とてつもなく広い国だ。見つけるのは相当骨が折れそうだな……」

ツカサの苦言に、エリザがきょとんとした顔で答える。

「あー……。違う違う。私が指差したのは土地のことじゃないわよ……」

そう言われて再び地図に差されたエリザの指先に視線を移す。そこには俺でも読める簡単な文字で、『ワノイ』、『セレスティア』という二国と向き合う位置に、大きな街の中に何やら仰々《ぎようぎよう》しい城の絵が描かれている。

「おい……まさか……」

最悪の推測が脳裏《のうり》を過《よぎ》り、言い淀むと、エリザが代わりにハッキリと言った。

「ええ。そのまさか。敵の拠点と思われる場所は、『ネオルチア』のどこか、ではなく、『ネオルチア』の中心。王族が住む心臓部。この城の中よ」

第二話『柴犬と援軍《えんぐん》』

「つまり……その世界一の大国、『ネオルチア』は、すでに記録神の手に落ちていると……？」

「ま、その可能性は十二分ね」

ということは、なんだ？

俺たちはこれから、一国を相手に戦わないといけないってことなのか？

あはは……。マジかよ……。

想像以上の敵の巨大《きょだい》さに、これからの苛烈《かれつ》を極《きわ》めるであろう戦いに眩暈《めまい》を覚えていると、段々と地鳴りがこちらへ近づいてくるのを感じ、そちらの方角へ視線を向けた。

瓦礫が除去された大通り。エリザたちがやってきた方とは逆から、大量の馬が走り寄ってくる。馬の上では、鎧《よろい》を身にまとった冒険者たちが険しい顔でこちらを睨《にら》みつけている。

「な、なんだなんだ⁉」

突然の事態に動揺《どうよう》していると、近くで復興作業をしていたヴォルグの冒険者ギルド、所長代理のカーラが、手を振りながらその集団の目前へと飛び出して行った。

「アリューナ所長！　戻られたんですか⁉　この方たちはもしかして……？」

アリューナ所長、と呼ばれたのは、軍団の戦闘集団にいた細めの若い女性だった。

アリューナは周囲の変わり果てた町並みを見渡《みわた》すと、ぐっと悔《くや》しそうに唇《くちびる》を噛んだ。

「遅くなりましたね、カーラ……。ごめんなさい。新種モンスターの討伐《とうばつ》のために援軍を連れてきたんだけど、どうやら間に合わなかったようね……」

すかさず、アリューナの横にいる、一際《ひときわ》目立つ金色の鎧に身をまとった男が補足する。

「アリューナ殿《どの》は悪くない。途中の橋が落ちてさえいなければ、数週は早くここへたどり着いていたはずだ」

アリューナは悲しそうに答える。

「フィンロック様……。いえ、私がもっと早く援軍の要請《ようせい》に行けていれば、きっとこんな大きな被害が出ることは……。カーラ、教えてください。新種モンスターによる被害は……いったい……どのくらい出たのでしょうか？」

アリューナが乗っている馬の足元まで走り寄ったカーラは、畏《かしこ》まった口調で返答した。

「この被害は新種モンスターによるものではありません！」

「……どういうことですか？」

「ヴォルグの町の下水道で、唯一神候補の一柱『創造神』が潜伏《せんぷく》し、新種のモンスターを創り出し、この被害を生じさせました……」

「なんですって⁉ 唯一神候補が⁉」

アリューナと、フィンロックと呼ばれた金色の鎧を着た男は、驚《おどろ》いた顔を見合わせる。

フィンロックが不思議そうにたずねた。

「は、話に割って入ってすまない……。つまり、その、なんだ？ この町は唯一神候補に襲《おそ》われた、ということか……？」

「はい……。そのせいで、これだけの被害が出てしまいました……。申し訳ありません、アリューナ所長……。所長に預かった町を、守り切れませんでした……」

自責の念に駆られているカーラの様子に、フィンロックはぶんぶんと首を横に振った。

「い、いやいや！ 唯一神候補に襲われたんだろ⁉ それでどうして、まだこの町はこんなに形を保っているんだ⁉ ありえない！」

唖然《あぜん》とするフィンロックに、カーラはどこか誇《ほこ》らしげに語った。

「そうですね……。被害は少なくはありませんが、唯一神候補による被害としては奇跡的《きせきてき》なほどの小規模、とも言えるでしょう。それもこれも、あの方がいてくださったから成せたことでしょう」

あの方、とカーラがこちらに視線を向けると、フィンロックは、ほぉ、と納得《なっとく》するように声を漏らした。

「なるほど……。女性ではあるが、鍛えられた素晴《すば》らしい体だ。よほど腕《うで》の立つ冒険者の方なのだろう」

と、明らかにツカサを見ながら漏らすフィンロック。

ツカサは俺を一瞥《いちべつ》すると、フィンロックに向かってふるふると首を横に振った。

「いや、カーラが言っているのはあたしのことではないぞ？」

「む？　そうなのか？　では、まさかそちらの金色の髪の少女か？　たしかに底知れぬ魔力の気配は感じるが、いやはや……その細腕《ほそうで》で町を救うとは……」

そう言われ、ソフィアは慌ててぶんぶんと両手を振って否定した。

「ち、違います違います！　私なんかが恐《おそ》れ多い！」

「し、しかし、他にそれらしいお方はおられないようだが……？」

疑問に首を傾《かし》げるフィンロックに、ソフィアは俺をひょいっと持ち上げると、そのまま前に突き出した。

「この町を救ったのはこの方です！」

情けなくぶらんと持ち上げられた俺に、フィンロックは目を丸くする。

「犬……？」

「いえいえ！　そこらへんの犬と一緒にされては困ります！　この方こそ！　次期唯一神！　犬神フェンリルのタロウ様です！」

「い、犬神、フェンリル……？」

ソフィアの堂々たる妄言染《もうげんじ》みたセリフに、フィンロックはじぃっと疑うように俺の円《つぶ》らな瞳を睨みつけた。

「ふぅむ……。ただの間抜《まぬ》けな顔をした犬にしか見えんが……次期唯一神のフェンリルというと、まさかあの、『神速炎帝《しんそくえんてい》の神・フェンリル』のことか……？」

「わんっ！　わんっ！　へっへっへっへ！」

「なんだ。ただの犬か……。かわいそうに……。この少女はきっととても辛《つら》いことがあって、ただの犬をフェンリルだと思い込んでしまっているんだな……。安心しなさい。いい医者を紹介《しょうかい》してあげよう」

ちょっとふざけて普通《ふつう》の犬のフリをすると、ソフィアはヤキモキしながら俺の体を激しく前後に揺《ゆ》すった。

「ちょっとタロウ様！　こんな時に犬の真似《まね》なんてやめてください！　私がただの犬をフェンリル様だと思い込んでるヤバい人みたいになるじゃないですか！」

「ゆ、揺するな！　ちょっとふざけただけだろ！」

俺が抗議《こうぎ》の声を上げると、フィンロックはぎょっと目を丸くした。

「なっ⁉　い、犬が喋《しゃべ》っただと⁉　使い魔か……？　いや、しかし犬の使い魔など聞いたこともない……。まさか本当に……？」

フィンロックは犬の俺が本物のフェンリルであることがどうにも信じられないようで、訝《いぶか》しげな表情をカーラに向けた。

するとカーラは、静かに小さく頷いた。

「いかにも。そちらにおらせられる犬神フェンリル様こそ、この町をお救いくださったお方です！」

カーラの言葉が未《いま》だ信じられないのか、フィンロックは馬を下りると興味深そうに俺の耳を指で摘《つ》まんだ。

「し、信じられない……。これがあのフェンリルなのか……。噂《うわさ》で聞いていたよりも……その……随分《ずいぶん》小さいな」

「うるせぇ。俺だって好きでこんな姿になったわけじゃねぇんだぞ」

俺の言葉に、フィンロックはびくっと体を震《ふる》わせて、俺の耳から手を引っ込めた。

「お、お主にも何やら事情があるようだな……」

まぁ、事情と言っても自分勝手な女神一人のせいだけどな……。

フェンリルの姿がかわいくない、という理由だけで柴犬に変えられてしまった自分自身の境遇を思い返し、改めて深いため息を吐くと、タッタッタと小走りに近寄ってくる足音が耳に届いた。

ん？　なんだ？

足音の方へ視線を向けると同時に、俺の両手がぎゅっと握《にぎ》られた。

目の前には、興奮したように俺を見つめるアリューナの姿がある。

「犬神様！　あなたが私たちの町を救ってくださったのですね！　このご恩は一生忘れません！」

「お、おぉ……。どういたしまして……」

その邪気《じゃき》のない眼差しと勢いに気圧《けお》されていると、フィンロックは後方に控《ひか》えている鎧の集団を振り返った。

「ヴォルグを救うと大見得《おおみえ》をきって国を出た手前、なんの戦果も挙げられなかったことは少々心残りだが……。体力のある部下を何人か置いていこう。復興の手伝いをさせてやってくれ」

フィンロックの言葉に、アリューナとカーラは揃《そろ》って深々と頭を下げた。

「フィンロック様……。私の無理なお願いを聞いていただけただけではなく、復興の助力まで……。なんとお礼を言えばいいものか……」

「構わんさ。これくらいは次期ワノイ国王として当然のことだ」

フィンロックの言葉に、俺はつい疑問を呈《てい》した。

「次期ワノイ国王？」

「む？　あぁ、すまない。自己紹介《しょうかい》が遅《おく》れたな。俺はワノイという国の次期国王、フィンロック・ワノイ・グリムハートだ。此度《こたび》はアリューナ殿からヴォルグの周囲に頻出《ひんしゅつ》するようになった新種のモンスターの討伐のため、部下たちを率いて馳《は》せ参《さん》じた次第《しだい》だ。……ま、ちょっと出遅《でおく》れたがな」

「次期国王って……。そんな奴がわざわざこれだけ大量の部下を率いて助太刀《すけだち》にきたのかよ……」

「ま、高度な政治判断というやつだ。冒険者ギルドに恩を売っておいて損はないからな」

「そんなものか……」

前の世界では一度も会ったことのない貴族、それも王族が、意外にフランクな態度なので拍子抜《ひょうしぬ》けしていると、先ほどのフィンロックの言葉を思い出した。

……ん？　さっきワノイって言ったか？

その国の名前って確か……。

俺はさっき見たばかりの地図に、記録神がいるであろうネオルチアの周辺に、ワノイとセレスティアという二国が連なっていたことを思い出した。

フィンロックは部下たちを振り返り、眉をひそめた。

「すでにヴォルグの脅威《きょうい》が去ったことは喜ばしいことだが、部下たちには無駄足《むだあし》を踏《ふ》ませてしまったな……」

「いや、そうとも限らないぞ」

「……む？　どういう意味だ？」

第三話『柴犬とワノイ』

ガタン、と乗っている荷馬車が跳《は》ねるように大きく上下に揺れると、横に座っているエマは手に持った干し肉をあわや落としそうになった。

エマは落とさないようにぎゅっと握りなおした干し肉にしゃぶりつくと、うんざりしたようにこぼした。

「うー……。揺れが激しい……。これじゃあオチオチご飯も食べられない……」

「こんな状況《じょうきょう》でまで飯食うのかよ……。舌噛まないように気をつけろよ？」

呑気《のんき》にむしゃむしゃと干し肉を食べすすめるエマとは対照的に、正面に腰かけるフィンロックの表情は硬《かた》い。

フィンロックは振り絞《しぼ》るように聞いた。

「……つまり、なんだ？　さっきタロウ殿から聞かされた話が本当であれば、その記録神というのはすでにネオルチアを手中に収めているかもしれないと？」

少し前、俺はヴォルグにやってきたフィンロックに事の次第を説明した。

その話を聞いたフィンロックは一も二もなく、最小限の部下を引き連れ母国への帰還《きかん》を急いだ。

それもそのはず。フィンロックが次期国王を務めるワノイという国は、ネオルチアの目と鼻の先に存在しているからだ。

もしも本当にネオルチアがすでに記録神に支配されていれば、ヴォルグ救出のため兵士を割《さ》いている今を狙《ねら》わないはずがない。

フィンロックは御者《ぎょしゃ》をしている部下に向かって声を飛ばす。

「おい！　可能な限り急いでくれ！　ワノイが心配だ！」

「はっ！」

さらに馬車が速くなると、ますます揺れは激しくなった。

ぼやくようなため息が耳に届く。

「……はぁ。なんで私まで行かなきゃいけないのよ……」

馬車の中には俺たちフェンリル教団の他にはフィンロックともう一人、魔眼《まがん》を待つエリザが座《すわ》っていた。

「いつ魔眼の力が必要になるかわからないからな。一応ついて来てもらうぞ」

「ったく。こっちは囚人であって奴隷《どれい》じゃないのよ」

苛立ったようにこちらを睨むエリザに、エマは持っていたリュックからもう一枚干し肉を取り出し、それを差し出した。

「あげる」

「い、いらないわよ……」

「……おいしいよ？」

上目遣《うわめづか》いに言うエマに気圧され、エリザはしぶしぶといった具合に干し肉を受け取ると、仕方なくそれを頬張《ほおば》った。

それまで不満そうに眉をひそめていたエリザだったが、干し肉を食べた一瞬だけ驚いたように目を見開いた。

「……へぇ。確かにおいしいわね。あんたが作ったの？」

「そう。私はエマ・ロイ。料理人」

「ふーん……。まだ子供なのにたいしたもんね」

「えっへん」

案外エマの干し肉が効いたのか、エリザはぶっきらぼうに言った。

「ま、枷《かせ》を外してくれただけでもありがたいと思うようにするわ」

◇　◇　◇

それから数日、馬車の日々が続くと、ようやくフィンロックが馬車の前方を指差した。

「ようやく見えてきたぞ。あれが俺たちの国、ワノイだ」

丁寧《ていねい》に舗装《ほそう》された道路の奥。開け放たれた巨大な鉄の門の奥には、人で賑《にぎ》わっている町並みが広がっている。

特に攻《せ》め込まれた様子のないワノイの町並みに、フィンロックはほっと安心したように口元を綻《ほころ》ばせた。

「ふぅ……。どうやら記録神とやらに攻め込まれた様子はないようだな。ネオルチアの件も、お前たちの考えすぎじゃないか？」

「ま、それならそれに越したことはないさ」

と、安心したのも束《つか》の間《ま》、俺たちに気付いた門兵が、小走りにこちらに近づいてくる。

「フィンロック様！　フィンロック様はおられますか⁉　急ぎ報告することがございます！」

俺たちが今乗っている馬車や、フィンロックの部下、それに本人が身に着けている金ぴかの鎧にも、同一のオリーブの葉と太陽を模《かたど》った紋様《もんよう》が刻まれている。おそらくそれがフィンロックを示す目印になっているのだろう。

どこか焦《あせ》った様子で門兵に呼ばれたフィンロックは、ただ事でないと馬車が完全に止まるよりも早く飛び出して行った。

「どうした！　何かあったのか！」

「フィンロック様！　そ、それが――」

馬車の外にいる門兵が、小声で何かをフィンロックに伝えている。

それがほんの数分続くと、フィンロックは部下に何かを命令した後、俺たちがいる馬車を覗《のぞ》き込んだ。

「タロウ殿。どうやら悪い予感の方が当たってしまったようだぞ」

「なに⁉　何かあったのか⁉」

ひょいっと馬車に乗り込んだフィンロックは、出せ、と御者に指示を出す。

走り出した馬車の中、フィンロックは早口で説明を始めた。

「実はさっきの門兵の話だと、数日前からネオルチアと完全に連絡《れんらく》がつかなくなったらしい」

「連絡がつかなくなった？　どういう意味だ？」

「ネオルチアの門が締《し》め切られ、以来、誰一人《だれひとり》外に出てきていない。さらに調査のため、外壁《がいへき》を乗り越《こ》えて中を調査しに行ったワノイの兵も、それきり戻《もど》ってきていない」

「……つまり、記録神も動き出したってことか。先手を取るってわけにはいかなかったようだな」

俺の言葉に、ツカサが補足する。

「しかし、籠城《ろうじょう》とは厄介《やっかい》だな。ネオルチアの国民全員を人質《ひとじち》に取られたようなものだ。私たちだけの力じゃどうにもならないぞ」

フィンロックはツカサの言葉に大きく頷《うなず》いた。

「うむ。たしかに少人数でできることには限りがある。だが、それは杞憂《きゆう》だ」

「ん？　どういう意味だ？」

カタカタと舗装された道を進む馬車の車輪がカタンと音を立てると、フィンロックはどこか誇らしげに言った。

「この馬車は今、俺の父親……つまり、ワノイ国王のもとへ向かっている。そこで、ワノイの兵士たちを集め、ネオルチアへ攻め込《こ》むための許可をいただく。つまり、お前たちがネオルチアへ攻め込む時、俺たちもワノイも総力を挙げて乗り込んでやろうってことだ」

第四話『柴犬と王』

ワノイの兵士たちがネオルチアへ……。

俺たちだけじゃネオルチアの人たちを救うことはできない。だが、ワノイの兵が協力してくれれば、より多くの人たちを救うことができるだろう。

だがそれは同時に……多くの人が犠牲《ぎせい》になる可能性があるということだ。

やがて馬車が停車した目の前には、他の建物よりもずっと立派な宮殿《きゅうでん》が佇《たたず》んでいた。

「で、でかい……」

その圧倒的《あっとうてき》な存在感に気後《きおく》れしていると、少し遅れてフィンロックの部下たちも馬に乗ってやってきた。

「フィンロック様！　お一人で先行するのはおやめください！」

馬車から飛び降りたフィンロックは、部下の言葉を気にする様子もなく宮殿に向かって歩を進める。

「時間は一刻を争う！　お前たちはネオルチアへ偵察《ていさつ》！　それとセレスティアのリアへイ

ム殿に連絡を入れておけ！　あとで向かう！　俺は父上から諸々《もろもろ》の許可を取り付けておく！」

「は、はっ！　すぐに！」

部下は他の仲間たちにフィンロックの指示を分散させると、蜘蛛《くも》の子を散らすように走り去って行った。

少し時間を置き、宮殿入り口の階段に足をかけていたフィンロックはこちらを振り返る。

「おぉい、タロウ殿！　一緒《いっしょ》に来てくれ！　唯一《ゆいいつ》神候補がいた方が話が早い！」

「お、おぉ……」

さすが次期国王……。人を使うのがうまい……。

「よし。ソフィア、一緒に来てくれ。こっちも貴族度を上げて対応する」

「必要ですか、それ？」

「バカ野郎《やろう》！　元庶民《しょみん》の俺が一人で宮殿になんて入ったら身分差で消し飛ぶぞ！」

「消し飛びませんよ……。タロウ様は神様なんですから、もっと胸張ってください」

「ぐぬぬ……。せ、せめて俺の犬種がジャーマン・シェパードなら……」

「ほらほら！　変なこと言ってないで行きますよ！」

エリザとエマはツカサに任せ、俺とソフィアはフィンロックと共に宮殿へと歩を進めた。

◇　◇　◇

「父上！　父上！」

フィンロックに案内され、宮殿の中を足早に駆《か》け回るが、ワノイ国王の姿は見当たらない。

廊下《ろうか》を闊歩《かっぽ》するフィンロックに道を空ける使用人たち。

「おい。父上はどこだ？　部屋におられないぞ」

「国王様ですか？　特にお出かけのご予定などはなかったはずですが……。本当に部屋におられないのですか？」

不思議そうな表情を浮《う》かべる使用人に、フィンロックは眉をひそめた。

「ふぅむ……。宮殿内《きゅうでんない》で父上が普段《ふだん》足を運びそうなところはすべて確認《かくにん》したんだが……。いったいどこに行かれたんだ？」

その時、俺の鼻に一度嗅いだことのある嫌《いや》な臭《にお》いが漂ってきた。

この臭いは……。

「おい、フィンロック。あっちの方角には何がある？」

鼻先で廊下の先を示すと、フィンロックは首を傾げた。

「あっちは玉座の間だ。重要な客人を王が謁見《えっけん》する時に使用する部屋だが、普段は立ち入ることはないぞ？」

「あそこだ。あそこに、あいつがいる」

「あいつ……？」

廊下を進み、突き当りにある両開きの扉《とびら》。

フィンロックは恐る恐るその扉を押《お》し開く。

俺《おれ》は後ろにいるソフィアに視線を向けた。

「ソフィア。俺の後ろにいろよ」

「は、はい……」

フィンロックが扉を開くと、長細い造りの部屋に置かれた豪奢《ごうしゃ》な玉座の横に繋がっていた。

玉座に腰《こし》かけている小太りの男。上等な服に身を包み、立派なヒゲを蓄《たくわ》えている。

その姿を見たフィンロックが安心したように口角を緩《ゆる》めた。

「父上！　こんなところにおられたんですか！　実はお話ししたいことが――」

そう言って玉座に腰かけている男、ワノイ国王に歩みよろうとするフィンロック。

だが、《超嗅覚《ちょうきゅうかく》》を持つ俺の鼻は目の前にいる人物の危険性をすでに見抜《みぬ》いていた。

「待て、フィンロック。そいつはお前の父親じゃない」

俺の言葉に足を止め、振《ふ》り返るフィンロック。

「なに……？　タロウ殿……それは、どういう……？」

訝しげにこちらを見るフィンロック。

俺はそんなフィンロックを他所《よそ》に、玉座に座る男に話しかける。

「おい。もう正体はバレてんだ。下手《へた》な芝居《しばい》はするなよ」

そう言うと、男は、はぁ、とひどく長いため息を吐《つ》いた後、初老の見た目からは想像もできないほど、若い、少年の声で話し始めた。

「ほんと、常々フェンリルとは縁《えん》があって嫌になるよ」

父親と思っていたその人物が、少年の声を発したことにフィンロックは目を丸くして驚いた。

「ち、ちち……うえ？　……じゃない。だ、誰《だれ》だ、お前は……。父上をどこにやった⁉」

フィンロックが玉座に近づこうとしたので、俺は間に割って入った。

「こいつは以前、瀕死《ひんし》の創造神にトドメを刺《さ》した巨大な手から漂っていた、あの禍々《まがまが》しい臭いと同じだ」

王の姿をしたそいつは、気だるそうに椅子《いす》に肘《ひじ》をつきながら答える。

「はいはい。そうだよ。僕《ぼく》が記録神、クライム・レプリカン。君と同じ唯一神候補だ」

第五話『柴犬《しばいぬ》と記録神』

あっけらかんと言いのける記録神。

いまだ王の姿をしている記録神に、フィンロックが声を荒《あら》らげる。

「おい！　何故《なぜ》父上の姿をしている！　本物の父上はどこへやった！」

「ん？　殺した。……フェンリルも来ちゃったし、これもういらないや」

そう言うと、王の全身の皮膚《ひふ》がぼこぼこと歪《ゆが》み、まるで着ぐるみのように床《ゆか》へと投げ捨てられた。

無残に捨てられた王の姿をした残骸《ざんがい》に、フィンロックは愕然《がくぜん》とする。

「なっ……!?　こ、これは、いったい……？」

そして、その王の皮を脱《ぬ》ぎ捨て、目の前に現れたのは一人の少年だった。

まるで人形のように丸く大きな青い瞳《ひとみ》。上質な黒い長袖《ながそで》の服に、ぴっちりした半ズボンがますます子供っぽさを表しているように見えた。

これが、記録神……？

ただの子供じゃないか……。

だが、それは俺の大きな勘違《かんちが》いだった。

記録神は、脱ぎ捨てた王の皮を見下ろして言い放つ。

「これ、『エコー』って唯一神候補が使ってた《超模倣《ちょうもほう》》ってスキルなんだ。殺した人間の皮を服にして着ることで、その人間になり切れる。あ、ほんとは声だって真似できたんだよ？　けど、もうバレちゃってたし、いいかなって」

記録神の言葉に、フィンロックはぎょっと目を丸くする。

「殺した人間の……皮……？　お前は……何を……？」

「え？　だから、ほら、これのことだよ、これ」

記録神は玉座に座ったまま、目の前に脱ぎ散らかした王の姿をした皮を足に引っ掛《か》けると、それをそのまま振り切ってフィンロックの目の前まで飛ばした。

フィンロックの足元に、脱ぎ散らかされた王の皮が横たわる。

「ち、父上……？　まさか……こんな……」

再び玉座にどっかりと腰かけた記録神は、嬉《うれ》しそうにベロリと舌を出した。

「きゃははは！　お前の父親なんかとっくに死んでんだよ！　ぶあぁぁぁか！」

「お前……っ！」

頭に血が上り、腰に提《さ》げていた剣《けん》を抜《ぬ》いて記録神に走り寄るフィンロック。

「やめろフィンロック！　とまれ！」

慌《あわ》ててフィンロックを止めるも、怒《いか》りで俺の声が聞こえないのか、フィンロックはそのまま記録神に接近する。

その直後、記録神の背後に浮かぶ巨大な魔《ま》法陣《ほうじん》。

そこから伸《の》びる巨大な腕。

かつて創造神を握り潰したその腕がフィンロックに振り下ろされる直前、俺はフィンロックに体当たりをかまし、巨大な腕は誰もいない床を思いきり叩《たた》きつけた。

「落ち着け、フィンロック！　次期国王なんだろ！　ここでお前が死んだら国はどうするんだ！」

ようやく怒りを鎮《しず》めることができたのか、フィンロックは堪《こら》えるようにぐっと歯を食いしばった。

「す、すまん……。助かった……」

記録神は不満そうに眉を顰《ひそ》める。

「はぁ……。フェンリルはいつもそうだね……。必ず人間たちと手を組んで、僕たちの前に立ちはだかる……。信仰心《しんこうしん》なんて恐怖《きょうふ》を利用すればいくらでも手に入るのに……。ほんと、理解できないよ……」

「お前が話してるのは、これまでの選定の儀《ぎ》の話か？　リリーから聞いた、記録を持ち越せるってのは本当らしいな」

「……へぇ。女神《めがみ》が他の唯一神候補の能力を話してもいいんだ？　……あ、そうか。それは元々の能力ってわけじゃないから、別に話しても問題ないのかな？　ふーん……。そっかそっか……。ま、能力が知られたところで、誰も僕には敵《かな》わないし、どうでもいっか」

記録神は何やらぶつぶつと独り言を漏《も》らすと、小さく頷いてこちらに視線を向けた。

「うん。そうだよ。僕の神格スキルは特別でね。本来は触《ふ》れた相手の神格スキルを三分間コピーするっていう雑魚《ざこ》スキルなんだけど、ちょっと強化してもらっててね。殺した唯一神候補の神格スキルをすべて、永続的にコピーできるようになってるんだ。それだけじゃない。そのコピーした神格スキルも、見聞きした記憶《きおく》も、培《つちか》った人格も、何もかもを次の選定の儀に持ち越せる。まさに唯一神にふさわしい能力だ」

そんなことを自信満々に言った記録神だったが、すぐに気だるそうな表情に変わった。

「けどさぁ、早すぎるよ！　まだ準備してる途中《とちゅう》だったのにここまで来ちゃうんだもん！

……はぁ。ほんとはね、《超模倣》でワノイも僕の物にしたかったんだよ。計画狂《くる》っちゃうよ」

「王様を殺してなり代わるなんて、クソみたいな計画立ててんじゃねぇよ」

「……ほんと。フェンリルには虫唾《むしず》が走るよ」

突如《とつじょ》顔面に大きな古傷が現れると、記録神はそれを手で覆《おお》いながら苦悶《くもん》の表情を浮かべた。

「あぁ、またか……。前回の選定の儀でフェンリルに付けられた古傷が疼《うず》く……。あの時は回復に二十年もかかったんだ。二十年だぞ？　何度魂《たましい》が入れ替わっても、フェンリルは必ず僕の前に立ちはだかる……。フェンリルに勝つためだけに、いったい何度選定の儀を無駄《むだ》にしたか……。だが今回はそのフェンリルも、無様な犬の姿になり果ててる」

記録神の背後の魔法陣から伸びる巨大《きょだい》な腕。

それがムチのようにしなり、玉座の間全体を暴れ回る。

記録神は玉座から腰を上げ、唾《つば》を飛ばした。

「ここで死ね！　フェンリル！」

目にも留《と》まらない腕のムチ。

だが、今の俺の目にはそれすら止まって見える。


「——《神速》」


周囲の時間が圧縮され、遅《おそ》くなる中、俺は音速に近い速度で空を蹴《け》り、記録神の眼前へと接近した。

そして、その細い横腹に深々と噛《か》みつき、肉をはぎ取った。

圧縮された時間が元に戻ると、半身を抉《えぐ》られた記録神はその場にドサリと頽《くずお》れた。

血液は出ていない。床に転がる記録神も、表情を苦痛で歪めるでもなく、ただ険しい表情で俺を睨《にら》んだ。

「そっか……。やっぱり、そんな見た目をしていてもフェンリルなんだね。しかも……裏の手を残したまま」

「裏の手……？」

傷が広がるように徐々《じょじょ》に消滅《しょうめつ》していく記録神は、恨《うら》めしそうにソフィアを睨んだ。

「神の覚醒《かくせい》を促《うなが》す血族、カミガカリ……。三百年前、ヴィラルと共に滅《ほろ》ぼしたはずの、あの一族の生き残り……。国を滅ぼしても尚《なお》、フェンリルに遣《つか》えるなんてね……」

その言葉に、ソフィアは目をぎょっと見開いた。

「記録神……。あなたは今までの悪行の報《むく》いを、タロウ様の手によって受けることになるでしょう」

「はっ。人間風情《ふぜい》が偉そ――」

記録神は言葉の途中で、完全に消滅してしまった。

後に残ったのは、破壊《はかい》された玉座の間と、フィンロックの父親の無残な姿だけ。

フィンロックは足元に転がった父親だったものに視線を落とす。

「……すまない。少しだけ時間をくれ。父上を、弔《とむら》いたい」

「あぁ。待ってるよ」

◇　◇　◇

ネオルチアの玉座の間にて、椅子にどっかりと座っている少年、記録神は目を覚ました。

「分身がやられちゃったか……。ま、相手がフェンリルじゃしょうがないよね……」

記録神の横でピンと背筋を伸ばす女が口を開く。

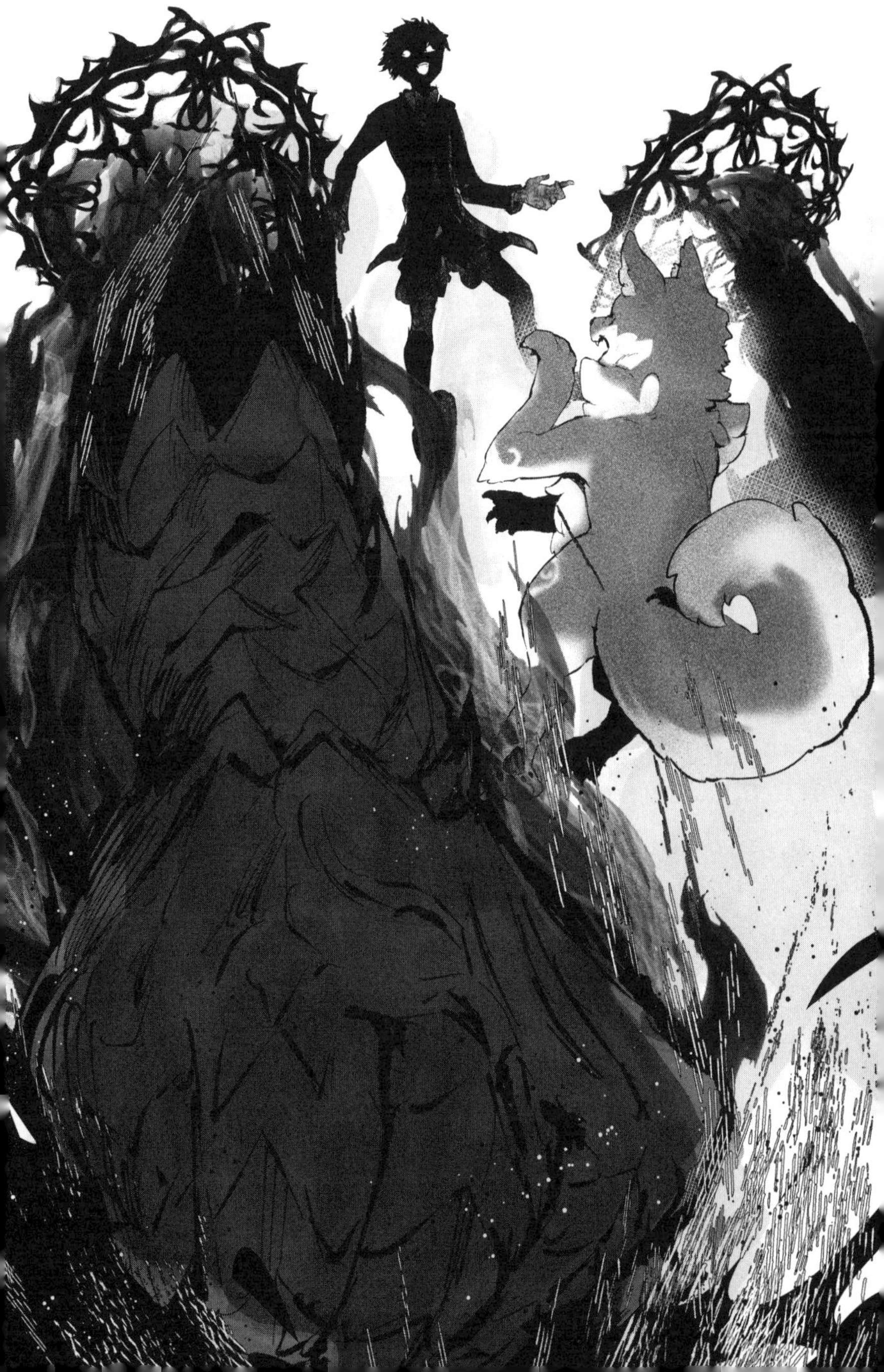

「おはようございます、クライム様。ネオルチア国民のキメラ化は着実に進んでおります。しかし、すべて完了《かんりょう》するまではもうしばらく時間を要するかと……」

玉座の間に備えられた窓から見えるネオルチアの町中には、ヴォルグを襲《おそ》った人型のキメラたちが蠢《うごめ》いている。

「そっちは任せるよ。あと、他所に行ってる唯一神候補を全員集めて。こっちも総戦力でいく」

「承知いたしました」

第六話『柴犬と会議』

その後、フィンロックの父親、ワノイ国王の葬儀《そうぎ》が内密に行われた。

国民へは、無用な混乱を避《さ》けるために別の機会を設けて伝えるらしい。だが国王不在となれば何事も立ち行かないという理由で、半壊《はんかい》した玉座の間でフィンロックの王位継承《けいしょう》の儀式《ぎしき》が手短に行われた。

宮殿内にある一室。俺たちフェンリル教団とエリザはそこに身を寄せている。

ツカサが唸《うな》るように言う。

「敵はすでにワノイにも侵入《しんにゅう》していたか……。王を暗殺されたとはいえ、まだその魔の手が国中に伸びる前でよかったとも言えるな」

「そう……だな」

「あたしたちはこれからどうする？　記録神を討伐《とうばつ》するんだろう？」

「あぁ。実際にこの目で見て、あいつは生かしておいたらいけない存在だってハッキリわかったよ。俺たちが何もしなくても、きっとソフィアを狙って向こうから仕掛《しか》けてくるはずだ。全員、絶対に一人にならないように気を付けてくれ」

「うむ」

ふと、部屋の隅《すみ》で険しい表所を浮かべ、窓の外を見つめているソフィアが目に留《と》まる。

「ソフィア、大丈夫《だいじょうぶ》か？」

俺の問いかけに、ソフィアははっとしたように取り繕《つくろ》う。

「え、ええ、もちろんです！　私もタロウ様から絶対に離《はな》れません！　病《や》める時も健《すこ》やかなる時も！」

「妙《みょう》な言い回しをするな。……そう気負うな……と言うのは、ちょっと酷《こく》だけど……あまり一人で背負いすぎるな」

「……はい。ありがとうございます」

両親の……住んでいた国民すべての仇《あだ》。それが目の前にいれば、普段温厚《ふだんおんこう》なソフィアでもあっても殺気立つのは当然だ。

ソフィアは自身の手を見つめ、意を決したように言う。

「私……今は体の中に流れる自分自身の魔力《まりょく》が正確に把握《はあく》できるようになったんです。このすべてをタロウ様に流し込めばきっと、タロウ様の力を飛躍的《ひやくてき》に向上させることができるはずです」

創造神を討伐する前、俺はソフィアの《完全治癒《イモルテル》》で致命傷《ちめいしょう》を回復した。

その時、ソフィアの魔力が体内に残存した状態で《狼の大口《ネメシス・アギト》》を使用した際、その破壊《はかい》力《りょく》は普段の比ではなかった。

あの現象こそが、カミガカリと呼ばれる所以《ゆえん》だろう。

ソフィアはぎゅっと力強く拳《こぶし》を作り、

「きっと……この身をタロウ様に捧《ささ》げれば、永続的にタロウ様を強化することが可能になるでしょう。……ですが、タロウ様はそれを望まない。私は、そのタロウ様の意志を尊重します。……もう、私を食べてほしいなんて言いません。ただ、私もタロウ様と一緒に、戦わせてください！」

「ソフィア……」

変わったな、ソフィア……。

最初は俺に食べてほしいと泣き出したり、犬に食べられたくないって泣き出したり、情《じょう》緒《ちょ》不安定だったのに……。

今はもう、すっかり見違《みちが》えたな。

「あぁ！　一緒に──」

「だからちょっとタロウ様の匂《にお》い吸わせてください！　スーハー！　あぁ、これこれぇ！

あっ！　肉球もぷにぷにさせてください！　えへへ！　やわらかぁい！」

ほんとに変わっちまったよ……お前は……。

ソフィアはぼそりと、申し訳なさそうに付け加えた。

「欲を言えば、カミガカリのあの弱点さえなければもっとお役に立てたんですが……」


カミガカリの弱点。

俺たちはソフィアの魔力で俺を強化できるのかどうか何度か試《ため》す中で、一つの弱点を見つけてしまった。

それは致命的《ちめいてき》とも言えるものだったが、カミガカリの恩恵《おんけい》は、その弱点を踏まえてもあまりあるものに違《ちが》いない。

コンコン、と窓ガラスを叩く音が聞こえてきた。

見ると、一つ目をした鳥型の小さな魔物《まもの》がこちらを覗き込んでいる。

「ん？　なんだ？　モンスター……？　こんな人里に？」

警戒《けいかい》する俺を他所に、「あぁ、そいつは……」と、ツカサはあっけらかんとして窓を開き、その鳥型のモンスターを室内に招き入れた。

「お、おいツカサ！　なんで部屋の中に入れるんだよ！」

「安心しろ。コイツは冒険者《ぼうけんしゃ》ギルドで飼われてる使い魔《つかま》だ。害はない」

鳥型の使い魔は、バサッと翼《つばさ》を広げると甲高《かんだか》い声で言葉を発した。

「『フェンリルキョウダン』、ニツグ。キデンラハ、ソノコウケンドト、ジツリョクカラ、ボウケンシャランクヲ、Sランク、トスル！」

「Sランク？　たしか今ってBランクだったよな？　ということは一気に二段階跳ね上がったのか。実力的にはAランクとか言われてたし、ヴォルグでの件が評価されたんだなー」

なんて軽く言ったら、ツカサは興奮したように、ソフィアに抱《だ》かれている俺をぶんどった。

「な、な、なにを悠長《ゆうちょう》に言っているんだ！　あのSランクだぞ⁉　ありとあらゆる権力を与《あた》えられる、冒険者たちの中でも伝説級のパーティーだけが選定される、あのSランクだぞ⁉　もっと慌てろ！」

「お、おぉ？　そんなもんか？　わ、わーいわーい！」

「ぬるいっ！」

「そんなこと言われましても……」

ツカサは興奮が治まらないのか、キッとソフィアを睨んだ。

「ソフィアはわかってくれるよな⁉　この偉業《いぎょう》を！」

「え、えぇっと……。まぁ、はい……」

「くそっ！　だめだ！　適当に返事してごまかしてる！　エマ！　エマはどうだ⁉」

部屋のソファーでエリザと並んで座ってたエマは、話を振られたことでむくっと体を起こし、首を傾《かし》げた。

「なに？　ご飯の時間？」

「ちくしょう！　話すら聞いてない！　何故だ！　何故誰《だれ》もこの偉業に興奮しないんだ！」

なんか……価値観違うくてごめんな。

悔《くや》しそうにやり場のない感情を噛みしめるツカサ。

すると、それまでソファーに座っていたエリザは勢いよく立ち上がると、信じられないといった具合にあんぐりと口を開いた。

「まさか……あんたたち本当にSランクに上がったの⁉　信じられない……。Sランクに認定《にんてい》されるなんて……」

エリザの反応に、ツカサはにんまりと口角を緩めた。

「ほら見ろタロウ！　これだ！　この反応が普通《ふつう》だ！　タロウもこのくらい驚《おどろ》け！　ソフィアもだ！」

「す、すまん……」

「すいません……」

何はともあれ、エリザの反応でツカサは満足したようで安心した。

第七話『柴犬と会議2』

馬車の外を景色が流れていく。

横にはソフィア。正面にはフィンロックが腕《うで》を組んで難しい表情を浮かべている。

Sランクに上がったと報告を受けた後、慌てた様子のフィンロックが部屋に飛び込んできて、俺たちはろくに説明を受けないまま、こうして馬車に乗せられたということだった。

「で、フィンロック？　俺たちは今どこに向かってるんだ？」

「それを説明する前に、まずはネオルチアに偵察に行っていた部下から報告が上がってきた」

「ほぉ。早いな。それで？　門は封鎖《ふうさ》されたと聞いてたけど、中には入れたのか？　ネオルチアの人たちは無事か？」

「……中に入ることはできたが、ネオルチアの国民は……その大半がすでに確認できず、街中は人型のモンスターで溢《あふ》れかえっていた。聞いた話じゃ、あれはヴォルグの創造神って唯一神候補が量産してたキメラってやつに違いない」

「……人型のキメラ。……つまり、ネオルチアの人たちは、そのキメラの材料にされたってことか？」

「……おそらく」

どこまで……。

どこまで外道《げどう》なんだ、記録神……。

これまであいつのせいで何人殺された？

このまま放っておいたらどれだけ被害《ひがい》が拡大する？

……ここで必ず決着をつける。

あいつを……記録神を、必ず討伐してやる。

つい殺気立ってしまったせいか、フィンロックが恐《おそ》る恐る口を開いた。

「そ、それでだな、今この馬車が向かっている先は、ワノイの隣国《りんごく》、セレスティアだ」

「セレスティア？　あぁ、たしか前見た地図に載《の》ってたな。そのセレスティアと協力してネオルチアに対抗《たいこう》しようってわけか」

「あぁ。ネオルチアの町中に溢れたキメラが、いつワノイやセレスティアに攻《せ》め込んでくるかわからないからな。ワノイとセレスティアが協力すれば、世界一の大国、ネオルチアにだって対抗できるはずだ」

「なるほどな。けど、なんでその場に俺たちが必要になるんだ？」

「こちらにSランクパーティーの唯一神候補が仲間にいるとわかれば、向こうも不用意に断ったりはしないだろう」

「この状況《じょうきょう》で断ったりしないだろう……」

「ワノイとセレスティアは土地が近い分、領土問題で昔から小競《こぜ》り合いが続いてるからな……。恥《は》ずかしい話、新しく国王になったばかりの俺が同盟を提案したところで、断られる可能性は十分ある。それに、タロウ殿《どの》の鼻は役に立つ。記録神がまた、別人になり代わっているかもしれない。タロウ殿の鼻でそれを見破ってほしい」

フィンロックの話を聞いて、それまで黙《だま》っていたソフィアは遠慮《えんりょ》がちに手を挙げた。

「あの……それで私はどうして必要なんでしょうか？　今の話だと、タロウ様お一人で十分説得が可能なのでは？」

ソフィアの言葉に、フィンロックは俺の顔を一瞥《いちべつ》し、言い辛《づら》そうにボソリと言った。

「いや、だって……俺だけだとタロウ殿がフェンリルだってわかってもらえないかもしれないし……」

「た、たしかに！」

即答《そくとう》で納得《なっとく》するなよ……。

セレスティアもワノイと同様、危険がすぐそこまで迫《せま》っているとは思えないほど平穏《へいおん》な様子だった。

◇　◇　◇

フィンロックと数名の部下、俺とソフィアは、セレスティアの王立軍を名乗る兵たちに先導され、セレスティア中央にある城へと招き入れられた。

「この扉の先で、アウローラ陛下がお待ちです」

荘厳《そうごん》な両開きの扉の前でそう言ったセレスティア王立軍の兵士は、扉を引いてフィンロックに中へ入るよう促した。

促されるままに部屋に入るフィンロック。

フィンロックがあらかじめ俺とソフィアも同席する旨《むね》を先方に伝えていたため、俺たちも難なく中へ入ることができた。

中に入るとすぐに、鼻をついたのはとてつもないお香《こう》の匂いだった。

見ると、薄暗《うすぐら》い部屋の至る所でお香が焚《た》かれている。

うっ……。なんつー強烈《きょうれつ》な匂いだ……。鼻が曲がるぞ……。

《超嗅覚《ちょうきゅうかく》》を持つ俺だけではなく、フィンロックもソフィアもこのお香の匂いにやられたのか、各々《おのおの》顔をしかめている。

フィンロックと目が合うと、首を横に振り、鼻が利《き》かなくなったことを伝えた。

だが、このお香は明らかに俺の鼻への対策だ。すでに記録神と裏で繋《つな》がっていることはまず間違《まちが》いない。

部屋の中にある円卓《えんたく》。その向こうには黒いヴェールで顔を隠《かく》した女性と、その背後には穏《おだ》やかな表情を浮かべたシスター姿の若い女性が立っていた。

ヴェールで顔を隠した女性が、対面の席に手を差し出す。

「……お待ちしておりました、ワノイ国王。どうぞ、お座《すわ》りください」

女の声色《こわいろ》から、顔は見えないがそこそこ高齢《こうれい》の人物であることがわかる。

「う、うむ……」

まだお香の匂いに慣れないのか、何度か鼻の辺りを手で触れながら、フィンロックは席についた。

俺たちは相手のシスターと同じように、席にはつかず、フィンロックの背後で静かに立っているようにした。

フィンロックが口を開く。

「久方ぶりだな。セレスティア国王、アウローラ殿」

「相変わらず口の利き方を知らない方ですね」

「つまらん前置きはいい。前もって連絡《れんらく》はいってると思うが、ネオルチアが落ちた」

「えぇ。もちろん知っております。あなたのお父様が暗殺されたのが原因で、王位継承が行われたことも」

「……ほぉ。そこまで知ってるのか。なら話は早い。ネオルチア国内では、すでに大量のキメラが量産され、その矛先《ほこさき》はワノイとセレスティアに向けられている。過去の遺恨《いこん》は数あれど、ここは一時協力した方が得策だと思うが、いかがか？」

「えぇ、もちろん。お断りする理由がございません。こちらから頭を下げ、同盟関係をお願いするつもりでした」

「……何か条件は？」

「いえいえ、まさか。ここはお互《たが》い協力すべき時です。そこに何の条件が必要になるでしょうか？」

「……そうか。それならいいが」

その後、驚くほどあっさりと……いや、不自然なほど何もない、と言った方が適切だろう。ともかく、ワノイとセレスティアは難なく同盟関係を結び、俺たち三人は帰路につくため、城を後にした。

馬車に乗り込《こ》む前、ソフィアが自信満々に言う。

「あのお方……絶対何か嘘《うそ》をついてましたよね⁉　さすがの私でもわかりましたよ⁉」

フィンロックもボリボリと頭をかいている。

「あの頭の切れるドケチババァが、同盟に何の条件もつけないなんてありえない……。もうすでにセレスティアも記録神の手に落ちていると考えた方がいいな」

「あのお香、俺の鼻対策だろ？　自分たちで何かやましいことがあります、って言ってるようなもんじゃねぇじゃか。……けど、怪《あや》しいからってどうするよ？　相手は一国の長だろ？　下手な真似《まね》すればネオルチアと戦う前に、ワノイとセレスティアで戦争が始まるぞ。……ま、相手は元からそのつもりかもしれんが……」

俺たちは次の手を考えあぐね、そのまま馬車に乗り込もうと扉を開いた時、中に一人の少女が当然のように座っていたので、思わず悲鳴を上げそうになった。

少女は、よ、とあっけらかんと手を上げて言う。

「あ、おつかれさまでーす」

第八話『柴犬と裏工作』

その姿には見覚えがある。

「お、お前は、ミリル!? なんでこんなところにいるんだ!?」

肩口《かたぐち》でまっすぐ切りそろえられた青みがかったショートヘアー。以前、創造神によって操《あやつ》られたが、《狼の大口《ネメシス・アギト》》でなんとか助け出すことができた。

その後、生き残った『白銀騎士団《はくぎんきしだん》』と共に行動をすることになった。

目の前にいるミリルは、いつも着ている『白銀騎士団』の純白のマントではなく、普通の町娘《まちむすめ》の服に身を包んでいる。

ミリルはちょいちょいと手招きし、俺《おれ》たちを馬車の中へと誘導《ゆうどう》した。

パタン、と扉《とびら》を閉じ、馬車の中に設けられた椅子に腰《こし》をかけると、ミリルは改めて口を開いた。

「いやー。お二人ともお久しぶりっすねー！ 元気でした？」

フィンロックがこっそり俺に耳打ちする。

「誰だ？　なんで俺の馬車に乗ってる？」

「ミリル。『白銀騎士団』ってギルドのメンバーだ。なんでここにいるかは俺も知らん」

ひそひそと話している俺たちの代わりに、ソフィアがたずねる。

「それで、ミリルさん？　どうしてこんなところに？　『白銀騎士団』はヴォルグの復興に手《て》一杯《いっぱい》のはずでは？」

「いやぁ、そうなんすけどねー。……実はなくなったカルシュ騎士団長が遺言《ゆいごん》を残しておりまして……」

「カルシュが……？」

カルシュは『白銀騎士団』の騎士団長として、数々の汚《よご》れ仕事を請《う》け負い、そのせいでヴォルグ中から嫌《きら》われていた。

最後は創造神との戦いで致命傷を負い、自ら命を絶つも、その死体を敵に利用されてしまったと、あとからツカサに教えてもらった。

ミリルはコクリと小さく頷《うなず》いた。

「ええ、そうっす。内容は、セレスティアのアウローラ陛下の様子がおかしいから調査するように、と。他にもたぁくさん、知ってたら簡単に殺されちゃうような貴族王族のあんなことやこんなことが書かれてまして……あはは。もう困っちゃうっすよ」

ミリルはそう笑い飛ばすと、少しだけ悲しそうな表情を見せた。

「カルシュ騎士団長……。裏で汚《きたな》い仕事をする傍《かたわ》ら、そういうヤバい情報を集めてたみたいなんすよねぇ……。ほんと。いい人なんだか、悪い人なんだかわかんない人ですよ……」

「いい奴《やつ》か悪い奴かは知らんが、仕事はきちんとやるタイプだったんだろう」

「……ですね。それで突然《とつぜん》なんですけど、少しの間ツカサさんお借りてもいいですか？　ちょっと頼《たの》みたいことがありまして」

「別に構わんが……。あんまり派手なことはするなよ？　相手は王族だからな？」

「あはは！　大丈夫っすよ！　自分、逃《に》げ足の速さには自信があるんで！」

「派手なことはする気なのか……？」

何はともあれ、ツカサを派遣《はけん》する約束を終えると、ミリルはセレスティアの人混みに紛《まぎ》れて行った。

◇　◇　◇

ミリルと出会ってすぐ、ワノイに帰ってきた俺はツカサに事の次第《しだい》を伝えた。

ツカサはすぐさまミリルの要請《ようせい》を了解《りょうかい》し、セレスティアへと向かった。

俺も毎日ワノイからセレスティアへ行く用事があるので、その時《念話》でツカサに進捗《しんちょく》を確認《かくにん》している。

あっちはあっちで順調に行ってそうだし、こっちもそろそろ何か行動があるかもな。

そう思い、宮殿《きゅうでん》の一室でぼんやりしていると、ソフィアたちがいそいそとどこかへ出かける準備をしているのが目に留まった。

「タロウ様。もうそろそろセレスティアに向かいますよ！」

「もうそんな時間か……」

そう言われ、俺も起き上がり、ぐっと背を伸ばした。

「んじゃ行くか。エマもエリザも準備はできてるか？」

エマはコクリと小さく頷く。

エリザはいつも通り、ため息交じりで手を振《ふ》った。

「はいはい。ついていけばいいんでしょ」

ツカサが出かけている今、エマとエリザを護衛する者がいないため、俺たちはどこへ出かけるにも一緒《いっしょ》に行動することにしていた。

ソフィアが改めて言う。

「じゃ、行きましょうか！」

◇　◇　◇

ソフィアに連れられてやってきたのは、セレスティア国内にあるとある廃教会《はいきょうかい》だった。

部屋の中に規則正しく並べられた木製の椅子《いす》。古びた赤い絨毯《じゅうたん》。立派なステンドグラスはところどころ割れていて、外から風が吹《ふ》き込んできた。

使われてた時はさぞかし立派だったんだろうな。

聖壇《せいだん》の向こうには女性を模《かたど》った巨大な石像が置かれているが、その上半身は朽《く》ちていて、どのような姿をしていたかは想像するほかない。

そんな、今となってはどこの宗派で使われていたかもわからない廃教会の中で、ソフィアは聖壇につき、室内を見渡《みわた》して堂々と言い放つ。

「さぁ、皆《みな》さん！　今こそフェンリル様を信じるのです！」

いわゆる布教活動であった。

廃教会の中には、俺たちの他には、近くにある孤児院《こじいん》の子供たちと、そこで子供たちの世話をするシスターたちの姿がある。

正直毎日ワノイからセレスティアまで通うのは面倒《めんどう》だが、さすがにセレスティアで寝泊《ねと》まりするのは危険が大きい。

子供たちはソフィアの説教よりも遊ぶことの方が楽しいらしく、教会の中を走り回っている。

シスターたちは案外真剣《しんけん》にソフィアの説教に耳を傾《かたむ》けてはいるが、たぶん宗派が違うのでそんなに真剣に聞かなくていいと思う。

「私はフェンリル様を信じて救われました！　この世界に生きていいと、そう教えていただいたのです！　フェンリル様を信じることこそ、我《わ》が人生なのです！」

ソフィアの説教はとにかく俺を褒《ほ》めたたえているだけで中身ゼロだったが、熱量だけは立派なものだった。

となりに座るエリザが、ソフィアの説教を邪魔《じゃま》しないようにこっそりと耳打ちする。

「ねぇ。あんたたちって宗教組織なの？」

「う～ん……。よく知らんが、昔はフェンリル信仰《しんこう》はたしかにあったらしいぞ。ソフィアはそれを復活させたいらしい。隙《すき》あらば心の弱った人にフェンリルの尊さを教えて回ってるよ」

「……へ、へぇ。宗教って大変なのね」

人目を憚《はばか》らず、エリザのとなりで椅子に仰向《あおむ》けになって熟睡《じゅくすい》しているエマを倣《なら》い、俺も椅子の上で丸くなりソフィアの説教が終わるのを待った。

第九話 『柴犬《しばいぬ》と孤児院』

「タロウ様！　私の説教どうでしたか⁉」

「あ、あぁ、よかったよ。フェンリルのすごさがよく伝わってきた」

しばらく廃教会で眠《ねむ》りこけると、説教を終えて満足げなソフィアがこちらを覗《のぞ》き込んだ。

正直寝《ね》てて全然聞いてなかったけど……。

そんなこと言ったらへそ曲げるだろうしな……。

さっきまで眠っていたエマの方を見ると、すでに長椅子《ながいす》にその姿はなくなっており、廃教会から出てすぐ横に、簡易キッチンを組み立て、そこで料理を作っていた。

教会で説教が終わった後には、こうやって孤児院の子供たちやシスターたちに炊《た》き出しを行っている。

ソフィア曰《いわ》く、これも布教活動の一環《いっかん》らしい。

「胃袋《いぶくろ》を掴《つか》めば、人は落ちるんですよ」

そんなことを嘯《うそぶ》いていたソフィアの目は本気だった。

エマの料理が完成するのを待ちきれず、周囲で走り回る子供たちにソフィアが駆《か》け寄っていく。

「ほらほらみなさーん！　鍋《なべ》の近くで走り回ったら危ないですよ！　もう少し離れて遊んで下さーい！」

そう言って子供たちを先導し、一緒に駆け回り始めた。

そんなソフィアたちの様子に、エリザは今までに見たことのない優《やさ》しい笑《え》みを浮《う》かべていた。

たしか……。エリザは昔、小学校の教師をしていたんだったな。

「……エリザもまざってきたらどうだ？　子供たちも喜ぶぞ？」

俺の言葉に、エリザはふるふると首を横に振る。

「……必要ないわ。私、子供は嫌いだもの」

ぶっきらぼうにそう言い放つエリザは、ツカツカと廃教会の中へと戻《もど》って行く。

きっと、自分の中でもいろいろな葛藤《かっとう》があるのだろう。

俺がとやかく言うべきことじゃないか……。

◇　◇　◇

エマの食事を全員が食べ終え、ソフィアに加えエマも子供たちと一緒になって遊んでいると、孤児院のシスターが深々と頭を下げた。

「ありがとうございます。あの子たちもフェンリル様たちと遊べてとても喜んでいます。……あの、大丈夫ですか？」

どうやらシスターは、仰向けで転がる俺の上に二人の子供が乗っかり、さらに別の一人が尻尾《しっぽ》を引っ張り、また別の一人が俺の耳を引っ張っていることに対して、大丈夫か、と言っているらしい。

「気にするな。この程度造作もない」

「そ、そうですか……。フェンリル様が大丈夫ならいいんですが……」

その後も子供たちに遊ばれていると、離れたところにいたソフィアがニタニタと笑みを浮かべながら近づいてきた。その手には革《かわ》で作られたボールが握《にぎ》られている。

「タロウ様ぁ。子供たちからいいもの借りてきましたよー」

「いいもの？　そのボールのことか？」

「ふっふっふ。もう目をつけたんですね。そうです。このボールです」

ソフィアがボールを地面に軽く投げつけると、それはポーンと心地《ここち》よく跳《は》ね返り、再びソフィアの手に戻って行った。

それまで仰向けで子供たちに遊ばれていたのだが、何故《なぜ》かそのボールの跳躍《ちょうやく》を見た途端《とたん》、くるっとひっくり返って四本足を地面につけた。

そんな行動を取った自分自身に、誰《だれ》よりも俺が驚いていた。

「あれ⁉　お、俺、いつの間に臨戦態勢に⁉」

「やはりこのボール、タロウ様の本能をくすぐるには持ってこいの道具みたいですね」

「くっ！　まさか、これも犬の本能なのか⁉　だがしかし！　俺は今までの俺ではない！　フェンリルとして精神面でも成長してるはず！　そうそう犬と同じように本能だけで行動してたまるか！」

「へぇ。自信満々じゃないですか、タロウ様。けど、その割には……」

もう一度ソフィアがボールを地面に投げつけると、俺の体は何故《なぜ》だか前傾《ぜんけい》姿勢になり、猛烈《もうれつ》な勢いで尻尾を振ってしまっていた。

「ぐぬぬ！　と、止まれ尻尾ぉぉ！　俺は、俺はこんなことで楽しくなるほど安くねぇんだよぉぉ！」

犬の本能を必死で抑《おさ》えていると、ソフィアはついに持っていたボールを前方に向かってひょいっと放り投げた。

「ほーらタロウ様ぁ！　取ってきて下さぁい！」

「うおぉぉぉぉぉ！　ボールだぁぁぁぁぁ！」

結局その後、子供たちが代わる代わるにボールを投げ飛ばし、俺は自分でも嫌《いや》になるほど楽しんだ。

◇　◇　◇

ようやくシスターが子供たちを孤児院に連れ帰り、取ってこい地獄《じごく》から解放されると、《念話》を通し、俺の頭の中にツカサの声が聞こえてきた。

『タロウ、あたしだ。こっちの準備は整った。しばらく待って行動を起こす』

『了解。目標の安全が第一だからな』

『あぁ、わかっている』

そんな簡単な会話で《念話》を終了《しゅうりょう》して数分後、俺の鼻に覚えのある臭《にお》いが漂《ただよ》ってきた。

フィンロックに連れられてセレスティア国王と顔を合わせた時、あの薄暗い部屋で焚かれていたお香の臭いだ。

「『ソフィアは子供たちの様子を見に行ってくれ』。たぶん今、教会の裏にある池で遊んでいるはずだ」

事前に決めていたその指示に、ソフィアは一瞬《いっしゅん》表情を強張《こわば》らせた。

「え……？　わ、わかりました！　がんばります！」

そんな意気《いき》込《ご》むなよ……。警戒されるだろ……。

ソフィアの安全を匂いで確認していると、お香の臭いは徐々《じょじょ》にこちらへ近づいてきた。

お香の臭いが背後まで来て、振り返ると、そこにはセレスティア国王の後ろで立っていたシスターが立っていた。

俺を見下ろしてにっこりと微笑《ほほえ》んでいる。

「お久しぶりですね、フェンリル様。私のことを覚えておいでですか？　あなた様がアウローラ陛下と謁見《えっけん》されました際、私も同席しておりました。ルノア・フォードと申します」

「あぁ、覚えてるよ」

「うふふ。覚えていただいて光栄でございます」

「一人で来たのか？」

「ええ。最近、フェンリル様方が孤児院の子供たちと一緒に遊んでくださると聞いていたもので、そのお礼にと思いまして」

「そうか。それにしては、少し臭うな」

「……はい？」

「俺の鼻を潰《つぶ》すためのあのお香の臭いじゃない。血生臭《ちなまぐさ》い、クソみたいな臭いがそこら中に漂ってるぞ」


ルノアは俺のその言葉に、それまでの温和な表情を消し去り、不気味につり上がった口からは尖《とが》った歯を覗かせた。

「キシシッ！　やっぱりてめぇら、気づいてやがったな！　あの孤児院の正体に！」

シスターの話し方からは品性が失われ、声色も野太いものへと変わっていく。

周囲からは次々と、見るからにガラの悪そうな男たちが姿を現した。

その男たちの体には、それぞれどこかしらに蹄鉄《ていてつ》の刺青《いれずみ》が刻まれている。

「あの孤児院は表向き、教会の人間が身寄りのない子供たちを保護し、育てることを目的としているが、その正体は犯罪組織『愚者《ぐしゃ》の蹄《ひづめ》』の育成機関。子供の頃《ころ》から殺しの術を教え込み、『愚者の蹄』のメンバーとして育て上げる。そうだろう?」

シスターはニタリと笑うと、厳《おごそ》かな修道服の襟元《えりもと》を指で引っ張り、胸の辺りに彫《ほ》られた蹄鉄の刺青が露《あらわ》になった。

「キシシ！　さすがフェンリル様！　すべてお見通しってわけか！」

「調べたのは俺じゃない。もうこの世にはいない、『白銀騎士団』の元騎士団長カルシュと、その遺志を継《つ》ぐ者たちの成果だ」

第十話『柴犬とルノア』

頭の中に、《念話》を通してツカサの声が響《ひび》く。

『タロウ、ミリルの見立て通りだ。アウローラ陛下には『ムリル鉱石』の中毒症状《しょうじょう》が見られる。おそらく、セバルティアンがユリアに盛っていたものに改良を加えたものだろう』

かつて、俺が霊泉《れいせん》を掘り当てた直後、ルシアン・ハイデヒューリの娘《むすめ》、ユリアに盛られた毒。

犯人はハイデヒューリ家に使える執事《しつじ》、セバルティアン。

そのセバルティアンに毒を盛るよう命令したのは、暴力を司《つかさど》る鬼《おに》の神、神鬼《しんき》。

しかし、その神鬼は毒を生成するようなスキルを持っていなかった。

ならば、セバルティアンはどこで毒を手に入れたのか？

考えられる入手経路はただ一つ。セバルティアンがかつて所属していた『愚者《ぐしゃ》の蹄《ひづめ》』だ。

きっと、毒の実験台でも探していたのだろう。

ヘラヘラと笑っているルノアににじり寄り、距離《きょり》を詰《つ》める。

「もう諦《あきら》めろ。セレスティア国王は押《お》さえた。お前たちが盛った毒は、うちの優秀《ゆうしゅう》な暗殺者が作った解毒剤《げどくざい》で中和されるだろう」

　周囲を取り囲んでいた『愚者の蹄』のメンバーたちは、俺たちがここの孤児院の偵察《ていさつ》を始めてからずっと協力していたワノイ兵たちに取り押さえられ始める。

《念話》を通し、今度はソフィアの言葉も脳内に届く。

『タロウ様！　こっちの教会関係者は全員、ワノイ兵の人たちが捕《つか》まえてくれました！　指示された通り、子供たちも全員無事保護しました！』

　あらゆる状況を想定して、俺たちは事前に特定の合図を決めていた。

　さっきソフィアに言った『ソフィアは子供たちの様子を見に行ってくれ』という合図の意味は、ソフィアは単独でワノイ兵と共に子供たちの保護を最優先に動け、という指示になっている。

『了解。よくやった』

『でへへ！　タロウ様！　あとでご褒美《ほうび》にいっぱいもふも――』

　うるさいから《念話》切っとこ。

　ルノアは周囲の仲間たちが取り押さえられているこの状況でも、動揺《どうよう》一つ見せず、ヘラヘラと不気味な笑みを浮かべていた。

「キシシ！　てめぇらがオレたちの正体に気付いていることなんざぁ、記録神クライム様はとっくの昔にご存じに決まってんだろうがぁ！」

ルノアは一瞬、周囲に視線を配る。

やはり。こいつの目的はソフィアか。ここから離《はな》しておいて正解だったな。

近くにソフィアがいないことに、ルノアは感心するように、ほぉ、と声を漏《も》らす。

「オレの接近を事前に把握《はあく》して、カミガカリを他所《よそ》へやったか……。キシシ。敵に狙《ねら》われている弱点に自分から単独行動を指示するとは、てめぇ中々リスキーじゃねぇか。そういう奴は嫌いじゃねぇぜ。……ま、ここで死んでもらうけどな！」

ルノアが祈《いの》るように両手を組むと、そこを中心に円形の魔法陣《まほうじん》が広がった。

広さにして約二メートル程《ほど》の小さい魔法陣。

凝縮《ぎょうしゅく》された魔法の気配から、これが尋常《じんじょう》ではないものであることがわかる。

しかし同時に、ルノアから殺意の臭いが全く漂ってこないことにも気が付いた。

これは……ブラフ！　ここは逃げずに、攻め一択《たく》！

「《狼の大口《ネメシス・アギト》》！」

俺の影《かげ》から出現するフェンリルの頭部。

それが一息にルノアの体に噛《か》みつこうとした瞬間《しゅんかん》、ルノアを中心に、高密度の魔力《まりょく》で出来た球体の空間が出現する。

フェンリルの牙《きば》は動きを止めず、そのまま牙を突《つ》き立てる。

球体の空間は瞬時《しゅんじ》に収束し、消滅《しょうめつ》すると、そこにフェンリルの大口が勢いよく襲《おそ》い掛《か》かる。

しかし、《狼の大口《ネメシス・アギト》》から伝わってくる感触《かんしょく》は何もない。

外した……？　いや、違《ちが》う。あの空間が消えた時にはもう、ルノアの姿はなかった……。

「なるほど。転移系の魔法か……。近くにルノアの気配はない。……ちっ。逃げられたな」

周りにいた『愚者の蹄』のメンバーは、全員ワノイ兵に拘束《こうそく》されている。

《念話》を通じ、ツカサとソフィアからも連絡が来た。

『タロウ、こっちにいた『愚者の蹄』のメンバーはあらかた倒《たお》したぞ』

『タロウ様！　子供たちは安全な場所に移動させました！』

二人のその言葉に、俺はその場で小さく頷いた。

『よし。じゃあ打ち合わせ通り、このままセレスティア国内にいる『愚者の蹄』のメンバーの一掃《いっそう》作戦を開始する！　準備はいいな！』

『了解だ』

『了解しました！』

さて……。ここからが本番だな。

◇　◇　◇

ネオルチア。玉座の間。

記録神クライムが座る玉座の前で頭《こうべ》を垂れる四人の人物。

クライムは一番端《はし》にいるルノアに視線を向ける。

「それで？　カミガカリも連れて来られず、フェンリルに一撃《いちげき》も負わせずに、ただただ逃げ帰《かえ》ってきたと？」

ルノアはタロウの前で見せていたヘラヘラした態度とは打って変わった緊張《きんちょう》した面持《おもも》ち

で慎重《しんちょう》に言葉を選ぶ。

「も、申し訳ございません……。しかし、オレの能力は、フェンリルとの戦闘《せんとう》には不向き……。これから始まる全面対決の前に、オレの転移魔法を失うことの方がリスクが大きいと考え、敵前逃亡《とうぼう》を選択《せんたく》いたしました……」

恐《おそ》る恐る謝罪を口にするルノアに対して、横にいる三人はクライムに頭を下げたまま、卑下《ひげ》する視線でルノアを睨《にら》む。

「次期唯一《ゆいいつ》神のクライム様に口答えするとは……恥《はじ》を知れ！」

「我々と違い、唯一神候補でもないただの人間が、ここにいることこそ場違《ばち》い！」

「その場で死ね！　死んで詫《わ》びろ！　下等生物が！」

ドシャッ、と肉が潰れる音が響く。

クライムの背後に出現した魔法陣から伸《の》びた、太い一本の腕《うで》。

その腕が、まるで虫でもひねり潰すように、床に広げた手のひらを押し付けている。

そこを中心に散乱する血液と肉片《にくへん》。

その光景に、ルノアは腰を抜《ぬ》かして、ひっ、と小さな悲鳴を漏らす。

手が床から離れると、そこにはさっきまでルノアに悪態をついていた三人の唯一神候補が無残な姿で広がっている。

クライムは短いため息を吐《つ》いた。

「……はぁ。物の価値がわからない奴らって、生きてる価値ないよね？　こうして僕《ぼく》に殺されればあっさり神格スキルを奪《うば》われちゃうって、少し考えたらわかると思うんだけど……」

クライムは玉座から立ち上がると、ルノアの前で屈《かが》んで目線を合わせた。

「安心して。ルノアの転移魔法は僕じゃ奪えないし、殺したりしないよ。けど、次はきちんと成果を出してくれるよね？」

ポン、とクライムの手が頭の上に置かれると、ルノアは恐怖《きょうふ》でポロポロと涙《なみだ》をこぼしながら声を張った。

「は、はい！　か、必ず！　必ず！　カミガカリを連れてまいります！」

「うん。期待してるよ。がんばって」

第十一話『柴犬と次期国王』

「ヤバい……ヤバいヤバい！」

セレスティアの地下を小走りで、ルノアは額に汗《あせ》を滲《にじ》ませ、苛立《いらだ》ったように爪《つめ》を噛んでいた。

「次しくじったら、オレも殺される！　あ、あんな風に、潰されるなんて絶対嫌だ！」

ルノアは地下の薄暗《うすぐら》い空間にたどり着くと、一つある牢屋《ろうや》の前で足を止める。

「……こいつを使うのは危険だが、この際しかたない……」

カギを開け、中に向かって声をかける。

「おい！　シャドウ！　仕事だ！　拘束を解いてやる！」

牢《ろう》の奥《おく》へ進むルノア。

目の前には錆《さ》びた鉄で出来た、人一人を縛《しば》り付けておくための拘束台。

しかし、そこにはいるはずの人影《ひとかげ》はなく、代わりに開錠《かいじょう》された鍵《かぎ》だけが散らばっている。

「なっ――!?　鍵が壊《こわ》されて――」

驚《おど》くルノアの背後から声が聞こえる。

「ルノア様……。某《それがし》はこちらです……」

慌《あわ》てて振り返ったルノアの前には、片膝《かたひざ》をつけて頭を垂れる女が一人。

若く美しい顔立ちをしているが、その右半分は火傷《やけど》で醜《みにく》く爛《ただ》れている。

その気配のなさに驚いたルノアだったが、それをできるだけ押し殺し、シャドウと呼んだ女に命令する。

「シャドウ、お前に仕事だ。カミガカリ、ソフィア・ヴィヴィラドルを誘拐《ゆうかい》する。命を賭《と》して手伝え」

「……御意《ぎょい》。『愚者《ぐしゃ》の蹄《ひづめ》』首領、シャドウの名に懸《か》けて、必ずや……」

◇　◇　◇

セレスティアの城に戻ってきた俺たちの前には、ベッドに横たえられたセレスティア国王の姿がある。

しかし、その目は虚《うつ》ろで、ただただ天井《てんじょう》を見つめ、涎《よだれ》を垂らしているだけだった。

ベッドを取り囲むようにセレスティア国王を見下ろす、ワノイ国王フィンロック、ツカサ、ミリル、それから数人のワノイ兵士とセレスティア軍人の姿がある。
俺の姿に気付いたツカサが、残念そうに首を横に振る。

「タロウ……。すまない。解毒《げどく》は成功したんだが……ご高齢《こうれい》のアウローラ陛下は……もう……」

「そうか……」

生きてはいる。

生きてはいるが……ただそれだけだ……。

「セレスティア国王がこの状態では、国を率いて記録神と戦うことは不可能だな……。他に誰か国民を率いることができる奴はいるか？」

俺の問いに、セレスティア軍人は変わり果てたセレスティア国王から目を逸《そ》らさず、寂《さび》しそうに答える。

「……いいえ。次期国王はアウローラ陛下の一人娘《ひとりむすめ》、ユリエル様がお継ぎになる予定でしたが、数年前に命を落とされて……。その結果、ユリエル様のご子息、つまり、アウローラ陛下のお孫様に王位が継承《けいしょう》されるはずでしたが、ユリエル様の旦那様《だんなさま》と共に、姿をお隠《かく》しになってしまい……今この国に、次期国王を継げる者はおりません」

「そうか……。この国に潜伏《せんぷく》している『愚者の蹄』の連中をあぶりだすには、国民の協力が不可欠だ。できればセレスティア国王直々にその指揮を執《と》ってくれたら手早かったんだが……。しかたない。セレスティア軍が国王の代行として、国民たちを先導してくれ」

セレスティア軍人は、ため息交じりに眉《まゆ》をひそめる。

「それは、できません」

「なに……？　どういう意味だ？」

「セレスティアでは、何よりも王の血筋を大切にします。王の命令でなければ、国民はもちろん、軍の人間も一切《いっさい》協力いたしません」

「この状況《じょうきょう》で、本気で言っているのか……？　ここでお前たちが動かなければ、国は滅《ほろ》ぶかもしれないんだぞ？」

「はい。我々セレスティア国民は、王を失ってまで生きながらえるほど恥知《はじし》らずではありません。王の血筋が絶える時、セレスティア国民は一人残らず同じ運命をたどりましょう」

マジかよ……。

ワノイとセレスティア間の小競《こぜ》り合いが絶えないって話も納得《なっとく》だな……。

国民性尖り過ぎだろ……。

ワノイ国王、フィンロックがセレスティア軍人に問いかける。

「確認するが、お前らは『愚者の蹄』とは協力関係にないんだよな？」

「はい。元々『愚者の蹄』はセレスティア王国の特殊部隊《とくしゅ》として運営されておりました。ですが、ルノア様……いえ、ルノアがアウローラ陛下の側近になる前後から、よからぬ噂《うわさ》が立つようになり、完全に独立した機関として運営されるようになりました」

「つまり、お前らじゃ『愚者の蹄』の奴らがどのくらい国にいるか把握してねぇってことか」

「……はい。お恥《は》ずかしながら」

「それで協力する気はねぇって……。無責任過ぎだろ……。はぁ……。これだからセレスティアの奴らとは合わねぇんだよ……」

呆《あき》れたようにフィンロックが頭をかいていると、ガチャリと扉《とびら》が開かれた。

そこには、あたふたした様子のセレスティア軍人が立っている。

「あの……申し訳ありません。実はその……来客が……」

突然の来客に全員が首を傾《かし》げている中、訪《おとず》れたのは、来客というには見覚えのある人物だった。

「お久しぶりです、タロウ様」

青色のウェーブがかかった髪《かみ》に、気品のある優しい瞳《ひとみ》。薄《うす》い唇《くちびる》は薄《うっす》らと微笑んでいるように見える。

「お前は……ユリア⁉　どうしてこんなところに⁉」

目の前にいる少女は、かつてセバルティアンの毒に侵《おか》され、神鬼《しんき》の傀儡《かいらい》にされそうになっていたところを助け出した少女、ユリア・ハイデヒューリだった。

ユリアに遅《おく》れて父親のルシアンも姿を現すと、小さく頭を下げた。

「それは私から説明いたします」

そう言ってルシアンは続ける。

「私の妻は昔、セレスティア王国の次期国王としてここで暮らしておりました。……しかし、妻を暗殺され、ユリアにもその魔《ま》の手が忍《しの》び寄っておりました。そこで、アウローラ陛下と話し合い、私はユリアを守るため、辺境の地へ身を隠すことに……。アウローラ陛下とは密に連絡《れんらく》を取り合っていたのですが、それが急に途絶《とだ》えたので、陛下に何かあったのではと、セレスティア国内に潜伏していたのです。そこで、城内にいる協力者からアウローラ陛下の現状を聞きつけ、いてもたってもおられず、馳《は》せ参《さん》じた次第です」

ルシアンの言葉を、頭の中で必死に整理した。

「つまり……なんだ？　ユリアはセレスティアの次期国王の資格があるということか？」

俺《おれ》の問いに、ユリアは深々と頭を下げた。

「その通りです。……アウローラ陛下が臥《ふ》している今、セレスティアの平穏《へいおん》は私が守らねばなりません。タロウ様！　どうか今一度、お力をお貸しください！」

「ありがたい。力を貸してもらうのはこっちの方だ」

改めてセレスティア軍人の方に視線を向ける。

「おい。さっきセレスティアは王の血が大事だと言ったな？　ならユリアがこのまま王位を継げば何も問題なく協力するんだよな？」

俺の問いに、セレスティア軍人は満足そうにユリアの前に膝《ひざ》をついた。

「もちろんです。ユリア様、よくぞお戻りくださいました……。そのお顔の面影《おもかげ》は、幼少の頃から何も変わっておりません。我らセレスティア軍は、ユリア様へ忠誠を誓《ちか》いましょう」

こうして、俺たちはようやく次のステップへ進み出すことができた。

第十二話　『柴犬と『愚者の蹄』』

セレスティア国内。

普段《ふだん》は人でごった返す町中が、今は人っ子一人歩いておらず、シンと静けさだけが広がっている。

これはユリアとセレスティア軍が事前に国民へ通達を行い、しばらくの間何があっても外出しないようにしたのだ。

国民全員が動きを止めることで、俺の《超嗅覚《ちょうきゅうかく》》は余計な臭いに邪魔されず、的確に『愚者《ぐしゃ》の蹄《ひづめ》』のメンバーが体に刻《きざ》み込《こ》んでいる、独特な刺青の臭いだけを選別することができた。

目の前に広げられた地図に足を乗せる。

「ここと、ここ。あとここにから、『愚者の蹄』のメンバーの臭いがする」

俺が指示した場所を確認《かくにん》すると、フィンロックが部下に指示を出す。

「よし。体に刺青がある者は拘束しろ。協力を拒《こば》むようなら多少手荒《てあら》に扱《あつか》っても構わん。

行け」

「はっ！」

フィンロックの指示を受け、数名のワノイ兵が町中へ走り出す。

すでにしばらくこの作業をセレスティア軍とワノイ兵で繰《く》り返しており、現在俺たちがいる町の広場には、拘束された『愚者の蹄』のメンバーが続々と連れて来られていた。

ツカサが感心したように声を漏らす。

「ここから敵の臭いが鮮明《せんめい》にわかるのか。さすがタロウだな」

「俺もまさかここまで正確に嗅《か》ぎ分けられるとは思ってなかった。おそらくステータスの上昇《じょうしょう》に伴《ともな》って、スキルの強さも底上げされてるんだろう」

……にしても、セレスティアの国民が王の血に従順っていうのは本当らしいな。ここまで一度も混乱が起きてない。おかげでやりやすくて助かった。

拘束された『愚者の蹄』のメンバーたちを見て、ソフィアが安堵《あんど》したように言う。

「ネオルチアと本格的に戦闘が始まる前に、これだけの『愚者の蹄』のメンバーを捕まえられたのはよかったですね。戦闘中のどさくさに紛《まぎ》れて破壊《はかい》工作でもされたら大変でした」

「あぁ。……だが、この状況を記録神が指を咥《くわ》えて見ているだけとは思えない。きっと何か仕掛《しか》けてくるぞ。ソフィアはできるだけ俺の傍《そば》から離れるなよ？」

「はい！　これからも末永くよろしくお願いします！」

「不穏《ふおん》なニュアンスの言葉を使うな」

不意に、背後に立っていたエリザが、魔眼を発動させながらめんどくさそうに言う。

「ねぇ、ちょっと……。あっちの方で魔力が集結してる場所があるんだけど……。行かなくていいの？　たぶん敵でしょ？」

「あっち？」

エリザが指差している方向に嗅覚《きゆうかく》を集中させるも、めぼしい臭いは検知できない。

「俺の鼻だとわからんが、地図でいうとどこらへんだ？」

「ここよ、ここ」

と、エリザが指差した場所は、俺の《超嗅覚》の範囲《はんい》の遥《はる》か先だった。

「そんな遠くまで魔力を検知できるのか……。すごいな、魔眼……」

エリザの指摘《してき》を受け、フィンロックが部下に指示を出し、そこへ向かわせる。

エリザは小さくため息をつき、首を横に振《ふ》った。

「そんな便利なものじゃないわよ。使いすぎるとすぐに疲《つか》れるしね」

そう言ってエリザが魔眼を眼帯で隠そうとすると、エマが下から興味深そうにそれを見上げていた。

目を丸くしているエマに、エリザは首を傾げる。

「な、なによ？　人の顔ジロジロ見て……」

困惑《こんわく》するエリザに、エマはまっすぐ目を見つめて言った。

「とってもキレイな眼……」

「なっ⁉」

「もっとよく見たい」

「そ、そんな顔近づけるんじゃないわよ！」

ぐいぐい来るエマに、エリザは顔を逸らしてあたふたと眼帯で魔眼を隠した。

この二人、なんだかんだよく一緒《いっしょ》にいるし、馬が合うのかもな。

◇　◇　◇

それからしばらくの間、《超嗅覚》を頼《たよ》りに『愚者の蹄』のメンバーを一人一人洗い出していると、ゴォン、ゴォン、とどこからともなく鐘《かね》の音《ね》が響き始めた。

「なんだ？　鐘の音？　いったいどこから……？」

周囲をぐるりと見渡《みわた》してみても、音の発信源らしき場所は見当たらない。

止めどなく響き渡《わた》る不穏な鐘の音に、周囲の兵士たちからもざわめきが起こる。

この現象が記録神の攻撃《こうげき》かもしれないと警戒《けいかい》していると、両耳を塞《ふさ》いだソフィアが不思議そうに首を傾げた。

「なんだと？」

「この鐘の音、耳を塞いでも聞こえてきますよ？」

ソフィアに続き、ツカサも同じように耳を塞ぐ。

「ふむ……。たしかに聞こえるな。頭の中に直接響いているみたいだ」

俺も両耳を塞ごうと手を伸ばすが、四足歩行に慣れた分、短い脚《あし》で両耳を塞ぐという動作はかなり骨が折れた。

グラつきながらなんとか招《まね》き猫《ねこ》のような体勢をとり、ようやく両耳を塞ぐことに成功する。

「よ、よし！　俺も両耳を塞げたぞ！」

「おめでとうございますタロウ様！」

なるほど。たしかに鐘の音が頭の中に響いてくるな……ん？

不意に鐘の音が途切《とぎ》れたかと思うと、今度は少女の声が頭の中に響き始めた。

『ぴんぽんぱんぽーん。えー。全世界のみなさーん。こんにちはー。こんなかわいらしい声でも、リリーは立派な女神《めがみ》様だから、敬ってくれてもいいよー』

リリー？

そう言われればリリーの声だな……。

『全世界のみなさん』って、もしかしてこれ、地上にいる人間全員に話しかけてるのか……？

俺の疑問を他所に、リリーは続ける。

『ななななんと！ ついに！ 残りの唯一神候補が二人になったよ〜！ なぁのぉで〜！ もうすぐ『選定の儀《ぎ》』が終わって、念願の唯一神が決まるってことだよ〜！ その勝ち残った唯一神が、今後の世界のすべてを決定するよ！ 魔物《まもの》に知性を与《あた》えるもよし！ 人類を発展させるもよし！ 魔物と人間、両方とも滅亡《めつぼう》させるもよし！ ……まぁ、正直それはちょっとかわいくないなぁ、なんてリリー思っちゃうんだけど……。その決定権が与えられるのは唯一神ただ一人！ 最終決戦はもうすぐそこみたいだねっ！ リリーは見てることしかできないけど……見ててあげることはできるから、とにかく全力でがんばってねっ！』


頭の中に直接響くリリーの声は、それきり聞こえなくなった。

唯一神候補が残り二人……？

つまり、俺と記録神ってことか？

無関係のところで別の唯一神がやられたのか？

いや、だとすれば三人残ってないとおかしい……。

まさか相打ち？

考えられなくもないが、最も可能性が高いのは仲間割れか、あるいは……。

俺は目の前で創造神が、記録神が出現させた巨大《きょだい》な手で握《にぎ》り潰されたのを思い出した。

「神格スキルを奪うために、仲間を……」

考えられる中で最も非道で無慈悲《むじひ》な選択肢《せんたくし》。

だが、記録神が放つ異常とも言える悪意の前では、容易《たやす》く脳裏《のうり》を過《よぎ》る可能性の一つだった。

リリーの言葉が周囲のセレスティア軍人たちにも聞こえていたせいか、一人、また一人と不安を漏らし、それはざわつきとなって広がっていった。

「皆さん落ち着いてください！」

群衆のざわめきに、ユリアが声を張る。

緊張のせいか、その指先は微《かす》かに震《ふる》えていた。

「『選定の儀』は過去に何度も行われてきました。ですが、我々人類はまだ、生きていま す！　先人たちが乗り越《こ》えてきた『選定の儀』を、ここにいる『神速炎帝《しんそくえんてい》の神・フェンリル』様と共に、私たちも――」

カキンッ！

王位を継いだばかりでセレスティア軍の士気を上げようと奮闘《ふんとう》していたユリアの活が、甲高《かんだか》い金属音によって遮《さえぎ》られる。

第十三話『柴犬《しばいぬ》とシャドウ』

「きゃっ！」

遅れて、小さな悲鳴を上げてその場に座《すわ》り込むユリア。

その傍《かたわ》らにはどこからともなく投げ飛ばされた、一本のナイフが転がっている。

それを弾《はじ》いたのは、いつの間にかクナイを振りぬいていたツカサだった。

体勢から推測するに、どうやらユリア目掛《めが》けて飛んできたナイフを、ツカサがクナイで弾いたらしかった。

遅れて状況を把握したセレスティア軍人たちが、慌てて声を上げる。

「暴漢だ！　ユリア様を安全な場所までお連れしろ！」

腰《こし》を抜かしていたユリアを、有無《うむ》を言わせぬ迫力《はくりょく》で強引《ごういん》に連れて行くセレスティア軍。

敵の気配に、エリザが即座《そくざ》にエマの手を引っ張る。

「隠れるわよ！　怪我《けが》したくないでしょ！」

「ボ、ボクもみんなと一緒に――」

「あんたが一緒にいても足引っ張るだけでしょ！」

「あう……」

無理やり近くの民家に連れていかれるエマ。

あの家から怪《あや》しい臭《にお》いはしない。しばらく中にいてもらった方が安全か……。

そんな慌ただしさとは裏腹に、ツカサはナイフが飛んできた一点を見つめてクナイを構えなおす。

俺もツカサの視線を追うが、それらしき敵の姿はない。

「ツカサ、敵の姿は見たか？」

「いや、見ていない」

「臭いは微かに残ってる……。ルノアじゃない……。別のやつか？」

《超嗅覚《ちょうきゅうかく》》で周囲を探《さぐ》ると、敵の残り香が道となり、それが俺たちの視界を避《さ》けるように遠回りをしながらこちらへ接近しているのがわかった。

「ツカサ！　近くにいるぞ！」

「うむ！」

「敵の狙いはソフィアだ！　俺の後ろを離れるなよ！」

「は、はい！」

どこだ⁉　どこにいる⁉

《超嗅覚》で臭いをたどるが、視界の中に敵の姿が映りこむことはない。

だが、俺の鼻は確かに言っている。


すぐ目の前に敵がいると！

「《狼の大口《ネメシス・アギト》》オォォ！」


俺の足元の影から、眼前に向けてフェンリルの大口が牙を剥《む》く。

そこに怪しい人影はない。

だが間違《まちが》いない！

臭いはその、何もない空間から漂《ただよ》っている！

ガチンッ、と勢いよく閉じられる大口。

正確な敵の位置がわからなかったため、足元の地面を諸共《もろとも》抉《えぐ》ってしまい、砂埃《すなぼこり》が舞《ま》い上がった。

敵を仕留めた感触はない。

まさか気のせいだったか？　……いや、違う。これは――

《狼の大口《ネメシス・アギト》》が舞い上がらせた砂埃の中に、いるはずのない人間の輪郭《りんかく》がぽっかりと浮《う》かんでいるのがわかった。

――まさか！

「ツカサ！　気をつけろ！　敵は姿を消せるぞ！」

俺がそう言い終わる前に、ツカサは持っていたクナイを、砂埃の中に浮かび上がる人影に向かって真っすぐ突き出した。

直後、金属音と小さな火花が弾《はじ》け飛ぶ。

おそらく敵は持っている武器でツカサの攻撃を弾いているのだろう。

ツカサが体を反らせると、そのすぐ手前を横一線に砂埃が弧《こ》を描《えが》く。

さすがツカサ……。見えない敵の攻撃を当たり前のように避けてやがる……。

俺も負けてられねぇな。

地面を蹴《け》って空中へ飛び上がり、体を前方へ捻《ひね》るように爪を振り下ろす。

「《爪撃《そうげき》》！」

爪に滾《たぎ》った真紅《しんく》の魔力が、《超嗅覚》で感じ取った臭いの発生源へ向かって、真紅の斬撃となって飛んでいく。

斬撃の一部から、真っ赤な血液が僅《わず》かに飛び散ると、それは地面にポタポタと跡《あと》を残しながら、その場から離れていく。

逃《に》げる気かと思い、すぐに追いかけようとしたところで、何もない空間から女の声が聞こえてきた。

「一方は殺気を読み取り、一方は恐ろしく鼻が利《き》く。なるほど。聞きしに勝るとはこのことか。さすがに某として、これほどの手練《てだ》れを同時に相手するのは無謀《むぼう》であるな」

声の主が自ら能力を解除したのか、それまで砂埃で輪郭だけがぼんやりと浮かんでいた姿が、足元から徐々《じょじょ》に浮かび上がるように鮮明になった。

二十歳《はたち》前後の若い女。手入れされていないボサボサな黒髪《くろかみ》と、ギラギラと血の気の多い瞳。

何より印象的なのは、その顔半分を覆《おお》う酷《ひど》い火傷の痕《あと》だった。

女は、淡々《たんたん》とした口調で話し続ける。

「お初にお目にかかる。某は『愚者《ぐしゃ》の蹄《ひづめ》』の首領、シャドウと申す。我《わ》が恩人たっての命ゆえ、勝手ながらここを死地とする」

「『愚者の蹄』の首領……。随分《ずいぶん》若いな。死を覚悟《かくご》してそこに立ってるってことは、引く気はないってことだよな？」

「ない」

きっぱりとした口調で言い切る『愚者の蹄』の首領、シャドウ。

常軌《じょうき》を逸《いっ》した燃えるように滾る瞳は、きっと覚悟の表れだろう。

「「「シャドウ様万歳《ばんざい》！」」」

堰《せき》を切ったように周囲に響《ひび》き渡る、シャドウを讃《たた》える大合唱。

声の主は、縛り上げられている『愚者の蹄』のメンバーたちだった。

それぞれがまるで頭のネジが外れたように、「シャドウ様万歳！」と唾《つば》を飛ばして狂乱《きょうらん》している。

興奮冷めやらぬ『愚者の蹄』のメンバーたちは、縛られたまま自らの頭を容赦《ようしゃ》なく何度も地面にぶつけたり、仲間同士で体の肉を嬉《うれ》しそうに噛みちぎったりし始めた。

「なっ⁉　なんだっ⁉」

不気味なのは、狂気《きょうき》の沙汰《さた》に身を委ねるその全員が、恍惚《こうこつ》とした表情を浮かべていることだった。

「「「シャドウ様万歳！　シャドウ様万歳！」」」

仲間たちの興奮に、シャドウは相変わらず淡々とした口調で言葉を発する。

「皆、大儀《たいぎ》であった。敵にその身を拘束《こうそく》されても尚《なお》、某への忠義を示すその確固たる意志、称賛《しょうさん》に値する。案ずるな。皆も某と共に幽世《かくりよ》へと誘《いざな》おう」

シャドウが一言喋《しゃべ》るたび、悦《えつ》に入ってポロポロと涙をこぼす『愚者の蹄』のメンバーたち。

そこでようやく理解する。

目の前にいるシャドウという人間が、悪のカリスマとも呼べる人物であることを。

こいつは神鬼《しんき》や記録神とは全く別のベクトルの存在だ……。

その場にいる全員が、『愚者の蹄』が放つ異様な雰囲気《ふんいき》に気圧《けお》されていると、シャドウは懐《ふところ》から一本の小刀を取り出した。

「ツカサ！　来るぞ！」

再び姿を消されることを想定し、《超嗅覚》に全神経を集中させる。

直後、俺の鼻に飛び込んできたのは新鮮《しんせん》な血液の臭いだった。

それはシャドウが取り出した小刀で、自らの手のひらを貫《つらぬ》き、そこから勢いよく飛び散る血液の臭いだ。

普段は冷静なツカサも、ゴクリと喉《のど》を鳴らす。

「自らの手を傷つけた、だと……？　タロウ！　まずい！　何かの魔《ま》法《ほう》を使う予備動作だ！」

「なにっ!?」

シャドウは両手を広げ、仰《あお》ぐ。

「さぁ！　立ち上がれ『愚者の蹄』！　最期《さいご》の時だ！　派手に逝《い》け！」

第十四話『柴犬と《神速》』

シャドウを中心に幾重《いくえ》にも重なった魔《ま》法陣《ほうじん》が広がり始める。

それは軽い衝撃波《しょうげきは》を伴って町中に……いや、国中へと領域を拡大させていく。

全身を打ち付ける衝撃波に、立っていられなくなったソフィアの前に立つ。

「大丈夫《だいじょうぶ》か⁉」

「は、はい！　なんとか！」

波が押《お》し寄せるように何度も広がる魔法陣。

しかし、それらは体にぶつかってもこれといって害はない。

どんな魔法が来るのか警戒していると、さっきまでシャドウを称賛していた『愚者《ぐしゃ》の蹄《ひづめ》』の連中が、苦しみもがいているのが目に留《と》まった。

なんだ……？

『愚者の蹄』の連中だけが苦しんでる……？

まさか、心中でもする気なのか……？

そんな考えが一瞬脳裏《いっしゅんのうり》を過《よぎ》ったものの、それはすぐに間違いだったと気付かされた。

それまで苦しんでいた『愚者の蹄』のメンバーの男の体が、ゴツゴツと中から沸騰《ふっとう》するように揺《ゆ》れ動くと、次の瞬間《しゅんかん》には全身の皮膚《ひふ》が弾け飛び、中から角と牙《きば》を持った人型のモンスターが出現した。

他の『愚者の蹄』の連中も、昆虫《こんちゅう》のように複眼と羽を持った者、四足歩行の下半身を持った者、全身を硬質《こうしつ》な皮膚で覆った者、多種多様なモンスターの特徴《とくちょう》を持った化け物へと変わっていく。

突然《とつぜん》町中に出現した化け物たちに、ツカサは戦々恐々《せんせんきょうきょう》と言った。

「『愚者の蹄』のやつらが一瞬《いっしゅん》でキメラに変わった……だと？」

ドォンッ、と遠方で爆発音《ばくはつおん》が轟《とどろ》き、そこから黒煙《こくえん》が上がっている。

遅れて、四方八方から悲鳴が聞こえてきた。

「まさか……国中で同じことが起こっているのか……？」

理性を失ったキメラへ変わった仲間の姿を見て、シャドウは小さく頷《うなず》いた。

「創造神が創ったキメラ細胞《さいぼう》と、某の魔力《まりょく》とを掛《か》け合わせ、契約者《けいやくしゃ》に刺青《いれずみ》として刻み込んだ。それらは某の魔力をトリガーとし、キメラ細胞を活発化させ、刺青の保持者をキメラへと変貌《へんぼう》させる。まぁ、この魔法は一瞬で人間をキメラ化することはできる一方、寿命《じゅみょう》が三十分程度しか持たんのだがな」

「自分にあれだけ陶酔《とうすい》している部下を使い捨てのキメラにするとは……。つくづくお前らには人間性の欠片《かけら》もないな」

「人外が人間を語るな。某を今日《こんにち》まで育ててくれたルノア様のためならば、この命すらも惜《お》しくはない」

　セレスティア軍人たちと、ワノイ兵士たちはそれぞれ連携《れんけい》を取り、目の前にいるキメラたちへの討伐《とうばつ》を開始する。

　しかし、キメラたちは目の前にいる敵には目もくれず、我先にと周囲を取り囲んでいる民家へ攻撃をし始めた。

　シャドウは一言付け加える。

「おっと。言い忘れていたが、あのキメラたちには家の中にいる民間人を率先《そっせん》して殺すように命令を出した。ルノア様の話では、お主らは非戦闘《せんとう》員が殺されることを大層忌避《きひ》するらしいではないか。お主が助けねば、大勢死ぬぞ?」

「こいつ――――ッ!」

　今すぐにでもシャドウの喉元《のどもと》に噛《か》みつきたかったが、背後でキメラに壊《こわ》された民家から聞こえる悲鳴が俺の攻撃を止めた。

シャドウの姿が、足元から徐々に消えていく。

「さぁ、急げフェンリル」

俺はシャドウから距離《きょり》を取るように踵《きびす》を返した。

「ソフィア！　俺は少し離《はな》れる！」

「わ、わかりました！　私は近くの民家に身を隠します！」

「待て！　民家の中じゃ臭《にお》いの流れが滞《とどこお》る！　シャドウから距離を取って開けた場所にいろ！　ソフィアに危険があればすぐに戻《もど》る！」

「開けた場所……。わかりました！　大通りの中央で待機してます！」

「それでいい！」

《神速》による超高速《ちょうこうそく》移動が可能になった今の俺なら、この国中に蔓延《はびこ》るキメラを一体ずつ討伐しながら、ソフィアの安全を確保することも決して不可能ではない。

不可能ではない、が……。さすがにそれだけの大仕事をしながらシャドウのような手練れを相手にはできない。

「ツカサ！　シャドウは任せる！」

「うむ。承知した。タロウは国を頼《たの》む」

「おう！」

足で地面を蹴った瞬間、俺の全身を光の膜《まく》が包み込み目にも留まらぬ速さで前方へと打ち出される。

さっきまで遠方で民家を破壊していたキメラたちの体がほぼ同時に、ボッ、と音を立てて弾け飛んだ。

「《神速》の前に、敵はない」

しかし……。

《神速》がもたらす神の領域の速度で空中へ飛び上がると、国中の至る所でキメラたちが民家を破壊しているのが目に留まった。

「けど、さすがにこの数じゃ、ちょっと時間がかかりそうだな……」

◇　◇　◇

《神速》で周辺にいたキメラを一蹴《いっしゅう》したタロウが、国中を高速で走り回っている中、残されたツカサはシャドウと戦っていた。

姿を消したシャドウから繰り出される斬撃を、ツカサはすべてクナイで弾いて防ぎ続ける。

『愚者の蹄』のメンバーが全員キメラに変貌し、民家を壊し続けるこの異様な中、ツカサは高揚《こうよう》しながら言った。

「その暗殺向きのスキル！　実に素晴《すば》らしい！　ここまで接近しても全く見えない洗練さ！　その技を活《い》かすため、完全に消された足音！　これこそまさに暗殺者だ！」

下方からの斬《き》り上げをクナイで弾いた時、ツカサは眉《まゆ》を顰《ひそ》め、回し蹴《げ》りを繰り出した。

足から伝わってくる、肋骨《ろっこつ》を砕《くだ》く感触《かんしょく》。

「ぐあっ⁉」

姿を消しているシャドウから漏《も》れる苦痛の呻《うめ》き。

蹴りの衝撃《しょうげき》のせいか、腹を押さえるシャドウの姿が一瞬《いっしゅん》垣間《かいま》見《み》える。

ツカサは吐《は》き捨てるように言う。

「姿が見えないのをいいことに、あたしを無視してソフィアの方へ行こうとするな。やるんだろう？　最期まで」

一筋の血液を口から垂らして、シャドウがツカサを睨《にら》みつける。

「戦闘狂《せんとうぐる》いめ……。いいだろう……。久方ぶりに、某《それがし》の本気を見せてやる」

シャドウは透明化《とうめいか》を解除したのか、その姿が足元から出現した。

「本気で行くぞ。覚悟しろ」

第十五話『柴犬とシャドウ2』

強烈《きょうれつ》な殺気を放つシャドウに、一層警戒心《けいかいしん》を高め、二本のクナイを構えるツカサ。

しかしすでにシャドウは、少しの油断もなかったはずのツカサの懐に飛び込んでおり、大きく小刀を構えていた。

横一線に振りぬかれる小刀を、すんでのところでクナイで防ぐツカサ。

その後も絶え間なく繰り出される斬撃に、ツカサはじりじりと後退しながら、思わず口角を緩《ゆる》めた。

「素晴らしい……。あたしが攻撃を弾いた衝撃を利用して行われる反撃《はんげき》……。それを可能にしているのが異常に柔軟《じゅうなん》なこの筋肉……。いったいどんな鍛《きた》え方《かた》をすれば、こんな体の構造になるんだ……」

虎視《こし》眈々《たんたん》と反撃の一手を狙《ねら》っているツカサ。

しかし、左脇腹《わきばら》から弧を描くように振られた小刀をクナイで弾こうとした時、何故《なぜ》だか空を斬るように全く感触が返ってこなかった。

クナイでの防御《ぼうぎょ》を仕損じたわけではない。

シャドウの小刀が、何故だかクナイを通過して、そのまま脇腹へと接近したのだ。

「なんだと――!?」

そのまま斬り上げられる小刀は、ツカサの左脇腹から右肩《みぎかた》までを一直線に撫《な》でた。

撫でられた皮膚からぷくっと小さな赤い点が出現すると、間もなく、斬り裂《さ》かれた皮膚から一気に血液を噴出《ふんしゅつ》させた。

よろけて数歩後ろへ下がるツカサ。

全身を駆《か》け巡《めぐ》る壮絶《そうぜつ》な痛みを我慢《がまん》するように顔を歪《ゆが》めている。

「そうか……。お前のスキルは姿を消すものではなく、光を歪めるもの……。あたしが防ごうとしたのは虚像《きょぞう》の方だったというわけか……」

大きな傷痕《きずあと》から流れ出る大量の血液。

誰《だれ》が見ても窮地《きゅうち》と言えるこの状況《じょうきょう》の中、焦燥《しょうそう》感に襲《おそ》われているのはシャドウの方だった。

シャドウは、ツカサを斬りつけた小刀を握る自分の手をまじまじと見つめた。

指が小さく痙攣《けいれん》して、ヒリヒリと痛みすら感じる。

「驚愕《きょうがく》だ……。なんという……なんという硬質な筋肉！　某の渾身《こんしん》の力で斬り付けても、両断はおろか、内臓にまで刃《やいば》が到達《とうたつ》しないとは……。本当に人間なのか……？」

「ここまでの傷をつけられたのは久しぶりだ。滾る」

お互《たが》いに強者であることを認め、じりじりと距離を詰《つ》めていく。

だが、シャドウは不意にぎょっと目を見開くと、その足を止めた。

「国中にばらまいていた某の魔力の気配がもうほとんどないだと⁉　フェンリルめ、なんという速さで動き回っているんだ！　……くっ。だめだ。もう時間がない」

恐《おそ》ろしい程《ほど》の速度で次々と消えていく、『愚者《ぐしゃ》の蹄《ひづめ》』のメンバーをもとに生み出したキメラたちの気配に、シャドウはぐっと声を張る。


「ルノア様！　やれ！」


そのシャドウの掛け声を皮切りに、ソフィアのすぐ背後に出現する球体の空間。

それが消えた瞬間、転移してきたルノアが姿を現した。

慌《あわ》ててルノアから逃げるように足を踏《ふ》み出すソフィア。

しかし、ルノアはすぐさま転移スキル発動させる。

それは一秒にも満たないほんの一瞬。

だがその刹那《せつな》、すでに空からは猛烈《もうれつ》な勢いで『神速炎帝《しんそくえんてい》の神・フェンリル』が接近してきている。

国中に蔓延る『愚者の蹄』のキメラを全員討伐し終えたタロウは、《超嗅覚《ちょうきゅうかく》》で、突然ソフィアの近くに現れたルノアの存在を感知し、すぐさま急接近を始めていた。

遠方の空から接近してくるタロウ。

ルノアを中心に広がる球体の転移空間。

その双方《そうほう》の速度から、シャドウはすぐさま判断する。

「だめだ……。間に合わない……。であれば！」

片手をソフィアの方へ突《つ》き出すシャドウ。

危険を察知したツカサが、考える間もなく、自分が出力することができる最速の動きでそれを阻止《そし》しにかかる。

「《奈落纏《ならくまとい》・紫電《しでん》》！」

ツカサの全身に刺青のような模様が浮かび上がり、電気となった紫色《むらさきいろ》の魔力を纏《まと》う。

ツカサの手刀がシャドウの首を切断する。

宙を舞うシャドウの頭部は、些《いささ》かの動揺《どうよう》も見せず、頭部に残存する意識をソフィアとルノアに集中させ、切り離された体でスキルを発動させた。

戦闘経験が一際《ひときわ》豊富なツカサだからこそ、首を切断された後もスキルの発動を続けられる異形な存在を前に、一瞬次の行動が遅《おく》れてしまう。

そして、全力の《神速》でルノアに牙を突き立てたタロウだったが、その姿はシャドウが最期の瞬間に生み出した虚像で、噛みついた瞬間にゆらりと輪郭を歪ませ、消えてしまった。

噛みついたはずのルノアが焼失《しょうしつ》したタロウが、地面に着地しながら目をぎょっと見開く。


「まさか……偽物《にせもの》だと⁉」


噛みつく前に《超嗅覚》で確認《かくにん》すればそれが虚像だと気付けたはずだったが、敵がスキルで虚像を作れることを全く知らなかったタロウは、ここぞというところで視覚に頼ってしまった。

ルノアから広がる球体の転移空間が、ソフィアに届く。

その瞬間に、どこからか伸《の》びてきた小さな手にソフィアは引っ張られ、引き倒《たお》された。

地面に転がる中で見上げると、そこにはエマと、そのエマを追いかけてきたであろうエリザの姿があった。

◇　◇　◇

ルノアが突然出現するよりも少し前、近くの民家で身を隠《かく》していたエマは、窓から一人突っ立っているソフィアの姿を見つけた。

エマは慌ててエリザに言う。

「ソフィアちゃん！　どうしてあんなところに……。早く助けに行かなくちゃ！」

エリザは、そう言って民家から飛び出そうとするエマの手を慌てて捕《つか》まえた。

「ちょっと待ちなさい！　あんたが行って何になるの！　ここでじっとしてなさい！　危ないでしょ！」

「……ボクは、友達を見捨てたくない」

手を払《はら》いのけ、民家から飛び出すエマ。

「ちょっと待ちなさい！」

それを追いかけるエリザ。

ソフィアはタロウの指示で、よりタロウが助けやすい開けた場所で待機していた。

しかし、それを知らないエマからすれば、ソフィアが隠れることもせず、取り残されているように見えてしまった。

その勘違《かんちが》いが、ルノアとソフィアの間にエマを割《わ》り込《こ》ませることを可能にした。

◇　◇　◇

ルノアの転移空間がソフィアに届く直前、その手を引いたエマ。

その結果、ルノアの転移空間に飛び込む形になったエマと、そのエマを追いかけていたエリザ。

直後、転移空間が消失すると、そこからルノア、エマ、エリザ、三人の姿は綺麗《きれい》さっぱりなくなっていた。

ドサッ、と絶命したシャドウの体が頽《くずお》れると、はっとしたソフィアが何もない空間に叫《さけ》ぶ。

「エマさん！　エリザさん！」

第十六話『柴犬とネオルチア地下』

ネオルチアの地下にある牢獄《ろうごく》で、ルノアは唾を飛ばしながら、何度もエリザの顔面を殴《なぐ》っていた。

「どうして！　どうしてお前らが！　ちくしょう！　邪魔《じゃま》しやがって！　あんなチャンス、もう二度とねぇんだぞ！　ちくしょう！　ちくしょう！　ちくしょう！」

一番の手下であるシャドウを犠牲《ぎせい》に、その代わりに誘拐《ゆうかい》に成功したのが、目的だったソフィアではなく、非戦闘員のエマとエリザだという事実に、ルノアの怒《いか》りは最高潮に達していた。

壁《かべ》から伸びる鎖《くさり》に片足を繋《つな》がれているエマが、血まみれになるエリザを見かねて声を張る。

「も、もうやめて！　エリザが死んじゃう！」

エマの言葉に、はっと正気を取り戻すルノア。

「……ちっ。こんな奴《やつ》らでも、生かしておけばまだ使い道はあるか」

エリザを牢屋《ろうや》の奥《おく》へと蹴り飛ばし、鍵《かぎ》をかけてその場を離れるルノア。

二人の姿が見えなくなると、以前、記録神によって目の前で殺された唯一《ゆいいつ》神候補たちの無残な姿を思い出した。

その場でしゃがみ込み、額に汗《あせ》を滲《にじ》ませながらポロポロと涙《なみだ》をこぼすルノア。

「殺されたくない……殺されたくないよぉ……」

◇　◇　◇

ルノアが牢屋から離れるや否《いな》や、エマは血まみれになったエリザの頭を抱《かか》えた。

「エリザ、大丈夫⁉」

「うぅ……。私、損な役回りばっかりね……」

「ごめん……。ボクが勝手に飛び出したから……。エリザまで……。こんな、血まみれに……」

自責の念から涙をこぼすエマ。

エリザは血まみれで横たわりながらも、その小さな頭を軽く撫でる。

「……子供がつまんないこと気にしなくていいのよ。あんたは大切なものを守りたかっただけでしょ？　だったら謝《あやま》る必要なんてない。胸張ってなさい」

「エリザ……」

「そんなことより今は……」

エリザは、自分たちの足と壁とを繋げている鎖に視線を向ける。

「ここからどうやって脱出《だっしゅつ》するか……。今はそれを考えないとね」

「……この鎖、壊せる？」

「無理ね。私の魔眼《まがん》は魔力探知に特化してるだけ……。鎖一本壊せないわ。あんたは？　鉄も切れる包丁とか持ってないの？」

「料理道具……全部置いてきた」

「あ、そう……」

エリザは力なく鎖を引っ張ってみたが、無情な金属音だけが周囲に反響《はんきょう》するだけだった。

「しかたないわね……。きっとあいつらはあんたを見捨てたりはしないでしょ。だったらそれまで待ってましょう」

「うん……」

エリザは、不安そうな表情で頷くエマの頭をもう一度軽く撫でた。

◇　◇　◇

エマとエリザがルノアに連れ去られてしばらく時間が経《た》った頃《ころ》、ワノイ国王フィンロック、セレスティア国王ユリアも集まり、キメラに及《およ》ぼされた被害《ひがい》を確認するため、各々《おのおの》の兵に指示を出している。

ツカサはスキルを発動した反動で立っていることもできず、今はソフィアの《完全治癒《イモルテル》》で体力を回復し、かろうじて意識を保っている。

ソフィアが心配そうにツカサの顔を覗《のぞ》き込む。

「ツカサさん、大丈夫ですか？」

「うむ……。おかげでなんとか倒れずに済んだ……。すまない。もっと早く《紫電》を使っていれば、エマたちが攫《さら》われることもなかったのに……。判断を誤った……。まさか首を斬られてもなお、シャドウがスキルを発動するとは……」

ツカサの話によれば、シャドウは姿を消すだけではなく、虚像を作り出すこともできたらしい。

俺《おれ》が噛みついた瞬間ルノアの姿が消えたのは、まんまと虚像に騙《だま》されたというわけだ。

「……いや、ツカサのせいじゃない。俺も《超嗅覚《ちょうきゅうかく》》で臭いを確認していれば、あれが虚像だったとわかったはずだ。……ここぞというところで視覚に頼《たよ》った、俺の失態だ」

落ち込んでいる俺たちに、ソフィアが言う。

「エマさんとエリザさんは、私の身代わりに連れ去られてしまったんです……。責められるべきは私でしょう……」

エマ……。

早く助けに行かないと……。

シャドウはルノアから、俺たちが非戦闘員を守るために行動することを知らされていた。

裏を返せば、エマに人質《ひとじち》としての価値があると考えているということだ。

魔眼を持つエリザも、その利用価値から安易に殺さないと思うが……。

どちらにせよ生きていれば、二人ともネオルチアのどこかに捕《と》らえられているはずだ。

さすがに距離があり過ぎて《超嗅覚》でもエマの存在は探知できない。

つまり、俺が今とるべき行動は——

「エマを助けるために、ネオルチアへ行こう」

ツカサは難しい顔をして顎《あご》に手を当てる。

「……うむ。しかし、ネオルチアは今キメラで溢《あふ》れかえっているし、記録神もいる。さすがのタロウでも乗り切るのは難しいぞ」

「……う～ん。それは……」

正直、記録神は、《神速》を使えるようになった俺でさえ勝てるかどうかわからない……。

相手はいくつも神格スキルを持っているし、『選定の儀《ぎ》』の記《き》憶《おく》を引き継《つ》げるということは、こちらの手の内だってすべてバレている恐れもある……。

俺が確実に記録神に勝つためには、ソフィアのカミガカリとしての力は必《ひっ》須《す》。

だがその実、カミガカリにはたった一つ、致《ち》命《めい》的《てき》ともいえる弱点があった。

ソフィアが申し訳なさそうに首を横に振《ふ》る。

「申し訳ありません……。私のカミガカリでタロウ様を覚《かく》醒《せい》させることができる時間は、ほんの三分程度……。なので、記録神との戦闘には、足手まといである私を連れて行くことが必須条件……。この制約さえなければ、タロウ様はもっと自由に動けたはずなのに……」

そう。

カミガカリであるソフィアの魔力は、俺の体内に吹《ふ》き込まれてから三分程度ですべて霧《む》散《さん》してしまう。

しかも、一度使用すれば数時間は置かなければ同じ効果は得られない。

つまり、記録神をその三分間で討伐できなければ、勝ち目は完全になくなるということだ。

だからきっと、歴代のカミガカリの人間は、永続的にフェンリルを覚醒させるため、その身を捧《ささ》げてきたのだろう。

「何言ってんだ。ソフィアがいるから、記録神に勝てるかもしれないんだ。ソフィアがいなければ、今の俺に勝ち目はない」

近くの瓦礫《がれき》に飛び乗って、ソフィアと目線を合わせて言う。

「それに、何があってもソフィアは俺が守る。安心しろ」

「タロウ様……」

視界の端《はし》で、ユリアとフィンロックに一人の兵が何かを報告しているのがわかった。

その報告を聞いた二人が驚愕したような声を出したので、俺たちはそちらに視線を向ける。

「フィンロック、ユリア、どうかしたのか？」

二人はお互いに視線を交《か》わした後、フィンロックが神妙《しんみょう》な面持《おもも》ちで口を開く。

「実は……ネオルチアのキメラたちが一斉《いっせい》に、ここセレスティアに向けて進行を始めたらしい……」

「なにっ!?　本当か!?」

「あぁ……。進行速度から、おそらく数日後にはここは戦場に変わるだろう……」

キメラの一斉進行……。

ということは、ネオルチアの国民はもう全員……。

フィンロックは頭を抱えて首を横に振る。

「しかもその数は、ワノイ兵とセレスティア兵を合わせた三倍は軽く超《こ》えてるそうだ……」

「三倍……」

記録神め、数の力で押し込む気か！

「……記録神はその集団の中にいたか？」

俺の質問に、フィンロックは報告を行った兵に、答えるように視線を向ける。

兵はピシッと背を伸ばして声を張る。

「いえ、おりません！　ただし、人型キメラの他、四足歩行のキメラと、巨大《きょだい》な爬虫類型《はちゅうるい》のキメラの存在が確認されております！」

「『アクスオーク』と『鉱殻蜥蜴《ラピス・リザード》』……。あいつらもいるのか……」

ユリアが、あのぉ、と控《ひか》えめに口を挟《はさ》む。

「今のタロウ様なら、お一人でもある程度のキメラなら一掃《いっそう》できたりするんでしょうか？」

「……おそらく、俺がキメラ進行軍の討伐を試みれば、記録神は必ず前に出てくる。ルノアが転移スキルを持っているから、移動には困らない。さすがに俺も大量のキメラと同時に記録神と戦えば十中八九負ける。俺が負ければこの戦争はそこで人類の敗北が決定する。それを防ぐためにはセレスティア、ワノイの兵も全勢力で投じる必要が出てくる。そうなれば互いに甚大《じんだい》な被害が出ることは間違《まち》いないだろう」

俺の話に、ソフィアが眉をひそめて考《かんが》え込むように言う。

「逆に言えば、キメラ進行軍に記録神がいないということは、相手としても全面戦争の中でタロウ様との戦闘を避《さ》けている、ということですね」

ソフィアの言葉に、ツカサが小さく頷く。

「敵はタロウを一番に警戒《けいかい》している。だからこそ、タロウとの戦闘をできるだけ回避《かいひ》しつつ、自分の力を強化できるカミガカリであるソフィアを狙っているんだからな」

俺との戦闘を警戒している記録神……。

ネオルチアから放たれた大量のキメラ進行軍……。

打って変わって、守りが手薄《てうす》になるネオルチア……。

「なるほど……。そういうことか……」

俺の独り言に、ソフィアが首を傾《かし》げる。

「タロウ様、何か気づいたんですか？」

「あぁ……。つまり記録神は、俺との一対一の戦闘を、ネオルチアで待ち構えてるってことだ。ま、十中八九罠《わな》だろうがな」

俺の考えを、ツカサが補足する。

「罠か……。ふむ。仕込《しこ》みに時間がかかるようなバフ魔法《まほう》やデバフ魔法、珍《めずら》しいものだと動きを制限する拘束魔法《こうそくまほう》や、建物の中を迷宮化《めいきゅう》する魔法なんてのもあるな……」

「考えてもしかたがない。臭《にお》いで危険を察知して回避し、可能であれば潰《つぶ》していくしかない。俺がネオルチアへ攻《せ》め込めば、記録神をネオルチアに釘付《くぎづ》けにすることができる。それだけでも、攻め込む価値はある」

俺はネオルチアへの特攻《とっこう》を決めると、フィンロックとユリアに視線を向けた。

「……だが、そうなるとワノイとセレスティアは俺なしで、大量のキメラ進行軍を相手にするしかない」

フィンロックは両腕《りょううで》を組んで唸《うな》り声を上げた。

「こちらの戦力の三倍のキメラか……。志願兵を集めたとしても、凌《しの》げるかどうか……」

「俺もできれば防衛してやりたいんだが……」

俺とフィンロックの話に割って入るように、ユリアが一歩踏み出した。

「タロウ様がセレスティアにいれば、記録神も出陣《しゅつじん》し、セレスティアを戦場に選ぶ、ということでしたよね？　幸い国民は、ワノイに避難《ひなん》させていただけることが決まっております。ですが、そのセレスティア国民が帰る場所がなくなれば、国民全員、難民となってしまいます……」

「やっぱり俺は防衛には回れないな……。誰か何か策はないか？」

その場にいる誰かが俺の問いに答えるより前に、背後から思わぬ声が届いた。

「大丈夫《だいじょうぶ》よ、タロウ。あなたには、あなたを信じる仲間がたくさんいるでしょう？」

第十七話『柴犬《しばいぬ》と援軍《えんぐん》2』

振り返るとそこには、ギルド『ムーン・シーカー』のリーダー、レイナが立っていた。

レイナだけではない。その向こうには『ムーン・シーカー』の他のメンバーたちや、一緒《いっしょ》にヴォルグを守った冒険者《ぼうけんしゃ》たちがズラリと肩《かた》を並べている。

「レイナ……。それに、ヴォルグの冒険者たち……」

「ヴォルグの冒険者たちだけじゃないわ。みんないろんなところに声をかけて、たくさんの冒険者たちが集まってくれたの。ネオルチアに記録神ってのがいるんでしょ？　その話をしたら、みんな一緒に戦ってくれるって」

「すごい数だな……」

「これだけじゃないわよ。遅れてまだまだ来てくれるわ」

目の前にいる冒険者たちだけでも驚《おどろ》くほど多くいるのに、まだ援軍に来てくれると聞き、俺は驚きを隠せなかった。

そんな俺を他所《よそ》に、今度はトットットッと軽い足音が近づいてくると、「タロウ様！」と

興奮したような少女の声が飛び込んできた。

「お久しぶりです、タロウ様！」

俺に力いっぱい抱《だ》き着く少女は、以前、俺がエリートオークから救ったカフ村の村長の孫娘《まごむすめ》、ナナだった。

「ナナ！　どうしてこんなところにいるんだ⁉」

「あのお姉さんが、タロウ様がピンチだって教えてくれたんです！　だから、みんなでできることをしようって！」

「みんな……？」

振り返るナナの視線を追うと、そこにはカフ村の人たちだけではなく、リラボルやその周辺の村の人たち、霊泉《れいせん》を手伝ってくれていた人たち、様々な人たちでごった返していた。

「い、いったい何人いるんだ……」

ナナが笑顔《えがお》で答える。

「みんなタロウ様が助けてくれた人たちですよ！　タロウ様に恩返しができるなら、どこへだって駆け付けます！」

集まった人たちが口々に言う。

「霊泉で怪我《けが》を治していただいたお礼に、お手伝いにきました！」

「私たちは食料をお持ちしました！　これだけあればしばらく困らないと思います！」

「俺たちも戦います！　タロウ様の盾《たて》となり、槍《やり》となります！　どうぞお使いください！」

集まった人たちが引いている馬車には、大量の食料が詰め込まれている。

「こんなに……」

かき集めるのにはさぞ苦労したことだろう。

それが一目でわかるほどの食料の量だ。

大量の食料を前に、とある集団が身を乗り出す。

「調理は私たちがやろう」

そこにいたのは、エマが以前働いていた『三日月亭《てい》』の料理長と、いろんな町で酒屋をやっている『暁《あかつき》の皿』の不愛想なバーテンダーだった。

料理長はコック姿をした仲間たちを引き連れ、腕《うで》をまくった。

「エマが世話になっているからな。こんな時くらい手伝わせてもらおう」

続いて、バーテンダーの女は、ギルドの仲間たちを引き連れ、いつも通り不愛想に言った。

「うちのお得意様はほとんどが冒険者だからね。飢《う》え死《じ》にされちゃ商売あがったりだ。それにあんたがいないとうちの名物がなくなるでしょ？」

「勝手に俺を名物にして売り上げを上げるな」

大量の料理人と食料……。

これだけ用意できていれば、長期戦になってもある程度は戦える。

『三日月亭』の料理長は、キョロキョロと辺りを見回し、首を傾げる。

「ところで、エマはどこだ？　姿が見えないようだが？」

その問いに、ソフィアが申し訳なさそうに、自分の代わりにエマが敵に誘拐されたことを伝えた。

エマと顔見知りも多く、皆《みな》が一様に目を丸くしている。

「まさか！　エマちゃんが攫われたのか！」

「あぁ、そんな……。あんなにいい子が、どうして……」

「神様……。どうか、エマさんををお助けください……」

エマの現在の状況を聞き、誰よりも驚いた表情を浮《う》かべた料理長だったが、すぐに自分を落ち着かせ、俺に言った。

「大丈夫だ。あいつはその程度のことで死ぬ奴じゃない。生命力と料理の腕は一流だ。……それに、あいつの借金はまだ残ってる。必ず返すと約束したんだ。それまでは何があっても死なん」

それはまるで自分に言い聞かせているようだった。

俺は料理長に大きく頷《うなず》いた。

「あぁ。俺たちが必ず取り戻《もど》す」

料理長は俺の言葉を聞き遂《と》げると、後ろにいる仲間たちや『暁の皿』の連中に指示を飛ばす。

「まずは集まっている食材と人数の管理！　それから調理場の設置だ！　さぁ、サボってる時間はないぞ！」

料理長の号令でそれぞれ作業を始める料理人たち。

人が集まれば、それだけ食料が必要になる。

その管理を怠《おこた》ると、そこから自陣《じじん》が瓦解《がかい》する可能性だってある。

あの料理長が指揮してくれるなら安心だ。

食材を持ってきたリラボルの人たちも、進んで戦うために手を挙げる者は多くいた。

しかし、そうなってくると一つ問題がある。

人混みから、どこぞの冒険者たちの会話が聞こえる。

「だめだ！　もう倉庫に武器がない！　お前らも保管してるの持ってこい！」

「もうあらかた渡《わた》して残ってねぇよ……。農具でも集めるか？　ないよりマシだろ？」

武器の枯渇《こかつ》。

普段《ふだん》武器を扱《あつか》わない一般人《いっぱんじん》が発起《ほっき》して一緒に戦ってくれるとなると、武器はあるところからかき集めて配るしかない。

しかし、そのために配る武器がもうないのだ。

ワノイとセレスティアにある武器も、その大半は兵士たちが使用するためのものだ。

無論、志願兵のために用意していた分はあるが、到底《とうてい》数が足りていない。

「まずいな……。せっかく人が集まっても武器がなくちゃ戦えないぞ……」

チラッとツカサに視線を向けると、子供のようにぶんぶんと首を振った。

「あ、あたしのは貸せないぞ！　ほ、ほら！　あたしの武器は暗殺用で、扱いが難しいし、使い方を間違えたら怪我をしてしまう！　だ、だから――」

「わかったわかった！　そんなに慌てなくてもツカサから武器を取り上げたりしねぇよ」

「ほっ……。そ、そうか。うむ。そうだな。あたしの武器はあたしが一番うまく使える。やはりあたしが持っているのが一番だろう。うむ」

この暗器マニアめ……。

しかし、足りない武器はどうしたもんかな……。

頭を悩《なや》ましていると、それぞれ戦いの準備をしている集団の中を、何台もの馬車が集団で連なって走り寄ってきた。

その集団の一番前の馬車から、『プライメント商会』のヘイトスとソリューシカが顔を覗かせた。

ヘイトスがこちらに、やっ、と手を上げる。

「久しぶりだね！」

「ヘイトス！　お前も来てくれたのか！　……それで？　その後ろのたくさんの馬車はなんだ？」

「ん？　これかい？　これはねぇ……」

ヘイトスが馬車に覆《おお》いかぶさっている布を払いのけると、その下には大量の剣《けん》や盾、槍が敷《し》き詰められていた。

「武器!?　ま、まさか、後ろの馬車に積んでるのも全部……」

「そうだよ！　ぜーんぶボクたちが集めた武器さ！　君たちが大きな戦いをするって話を聞きつけてね。この大量の武器を持ってきたのさ！　あ、でも大丈夫だよ？　武器の代金も輸送費も、ぜーんぶ冒険者ギルドが持ってくれるように話をつけたから！」

自慢《じまん》げに話すヘイトスに、一緒にいたソリューシカが厳しい口調で付け加える。

「『ハレルヤ草』の取引が成功していれば、今回の倍以上の利益が出ていたんですけどね」

「ま、まだ根に持っているのかい、ソリューシカ？　そろそろ許してくれよ……」

「嫌《いや》です。それよりも、早く皆さんに武器を配りましょう。時間は買い戻せませんからね」

「あ、あぁ、そうだね……」

ソリューシカに急《せ》かされたヘイトスは、シュンとしながら馬車から降りた。

「ま、そういうわけだからさ。武器の心配はしないでよ」

「ヘイトス……。お前、ようやくちゃんと稼《かせ》げたんだな……。よかったな……」

「失礼な！　いつもそれなりに稼いでるよ！」

俺を慕《した》って集まってくれたことは素直《すなお》に嬉《うれ》しいし、誇《ほこ》らしい。

戦いに志願してくれる人は多い。

武器もある。

兵士もいる。

だが、それでもまだ、圧倒的《あっとうてき》にキメラ進行軍の数が上回る……。

冒険者以外の、戦いに慣れていない志願兵は、武器を持ったところでその戦力は高が知れている。

戦闘《せんとう》になれば、きっと多くの犠牲が出るだろう。

……戦争だ。ある程度の犠牲が出るのは覚悟《かくご》しなければいけない。

頭ではわかっている。

だが、いつも笑っている人たちの無残に横たわる姿が、どうしても目に浮かんでしまう。

そう思って不安を抱えていると、集まった人たちが左右二手に分かれ、道を空けるのが分かった。

その視線から、人混みの奥から誰《だれ》かがこちらへ接近してくるのがわかる。

人混みをかき分けて現れたのは、小柄《こがら》な男二人と、一人の老婆《ろうば》だった。

三人とも砂埃《すなぼこり》に塗《まみ》れたボロ布のローブを身に纏っている。

誰だ……?

ばあさん?

霊泉の客か……?

けど、この三人の雰囲気《ふんいき》、以前どこかで……。

目の前の三人が醸《かも》し出す異様な雰囲気に、記憶を探《さぐ》っていると、真ん中にいる腰《こし》の曲がった老婆がゆっくりとした口調で話し出す。

「お初にお目にかかります……。フェンリル様……。同胞《どうほう》たちの無念を晴らしていただいた御恩《ごおん》を、我々は生涯《しょうがい》忘れませせぬ……」

「同胞……?」

その言葉と、目の前の三人が醸し出す雰囲気から、以前、蟲葬《ちゅうそう》と呼ばれる独特な埋葬《まいそう》をしていた『イサイの民《たみ》』を思い出した。

『イサイの民』は周囲とはできる限り関係を持たないようにしている少数民族で、創造神が創り出したキメラ、『鉱殻蜥蜴《ラピス・リザード》』によって多くの犠牲を出していた。

しかし、『鉱殻蜥蜴《ラピス・リザード》』を討伐《とうばつ》したことで、同胞の無念を晴らした俺に恩を感じ、『還《かえ》りの証《あかし》』と呼ばれる遺品をくれたことがある。

「あんたら、もしかして『イサイの民』か⁉　あまり人里には出ないと聞いてたけど……」

「いかにも……。わしは『イサイの民』の長《おさ》、ザイラと申します。おっしゃる通り、我々は無暗《むやみ》に他部族と関係を持つことはありませぬ……。しかしながら、我らが恩人、フェンリル様のためとあらば、火の中でも水の中でもお供せねば、『イサイの民』の名が廃《すた》りまする……。これより始まる聖戦に、我らも末端《まったん》として加わることをお許しください……」

『イサイの民』を名乗る三人に改めて視線を向ける。

後ろにいる線の細い小柄な二人の男。

腰の曲がった老婆。

一見すると頼りなく見えるが、俺の鼻は三人から迸《ほとばし》る異様とも言える魔力《まりょく》の激しさを感じ取っていた。

「あんたら結構強いな……。そこらへんの冒険者以上だ……。一緒に戦ってくれるならもちろん歓迎《かんげい》するぞ」

俺の答えを聞いた途端《とたん》、老婆はフォッフォと小さく笑うと、それまで曲がっていた腰をピンと伸《の》ばし、どこかから取り出した弧《こ》を描《えが》いた剣を器用にその場で振り回してみせた。

「我々は戦闘民族『イサイの民』。そんじょそこらの冒険者と同じにされては困りまする……」

突然《とつぜん》、人混みの後方から悲鳴が聞こえてくる。

何事かと驚いて視線を向けると、『イサイの民』らしき人たちが狼《おおかみ》型のモンスターをたくさん引き連れているのが目に留《と》まった。

「な、なんだありゃ⁉　あんな大量のモンスターを連れて……。使《つか》い魔《ま》、なのか……？」

ザイラも後方に視線を向け、さも当然のように答えた。

「いいえ。わしらはモンスターを契約《けいやく》で縛《しば》り付けたりはいたしませぬ……。すべて、我々と生活を共にする友です……。無論、どんなモンスターとでも友になれるとは言いませぬが、彼《かれ》らは我々のためによい働きをしてくれるでしょう」

戦闘民族『イサイの民』……。

大量のモンスターたち……。

数だけで言うとまだキメラ進行軍には及ばない。

だが、この戦力であれば、一方的に志願兵が犠牲になる可能性は確実に低くなる。

「……ありがとう。みんな、ほんとにありがとう」

第十八話『柴犬と進撃《しんげき》』

多くの援軍が到着《とうちゃく》してから数時間。

夕日が町を赤く染める中、キメラ進行軍を迎《むか》え撃《う》つための用意は着々と進んでいる。

作戦はセレスティアの外壁《がいへき》をすべて締《し》め切り、そこで敵を打つ籠城《ろうじょう》。

その間俺たちは、ネオルチアに乗り込《こ》み、エマとエリザの救出と、記録神の討伐を同時に行う。

そして記録神の討伐を終えた後、俺は《神速》を使って単独でセレスティアへ戻り、キメラ進行軍の残党を始末する。

これが一番少ない犠牲で済むはずだ。

……だが、俺が記録神に敗北すれば、セレスティアの残党を討伐することができず、そのままセレスティアが落とされる可能性も出てくる。

すべては、俺が記録神を討伐することにかかっている。

セレスティアに住む人たちは全員、荷物を持って長蛇《ちょうだ》の列を作り、ワノイに向けて歩を進めている。

ユリアがセレスティアに残ると言ったら、そのほとんどが国に残ることを選択《せんたく》しようとしたので、ユリアは仕方なくその避難民《ひなんみん》を先導し、ワノイへ向かうことになった。

一部のセレスティア国民は志願兵として武器を取り、セレスティアの防衛にあたる。

ソフィアと一緒に、なんとなくその避難の列を外壁の上から見下ろしていた。

ぞろぞろとワノイへ伸びる避難民を見て、ソフィアが口を開く。

「避難、間に合いそうですね」

「そうだな。ユリアは、これから戦場になるセレスティアを去ることを嫌がってたけど、おかげでみんな素直に避難してくれて助かった」

「誰でも、住み慣れた土地を離《はな》れたくはありませんからね」

「まぁな」

「タロウ様は寂《さび》しいと感じたことはないんですか？　元々別の世界で人として暮らしていたんですよね？」

そう言われて真っ先に思い出すのは、仕事机の上に転がる大量の栄養ドリンクの空《あ》き缶《かん》だった。

他には理不尽《りふじん》に怒鳴《どな》る上司の顔と、毎日走っていた深夜の山道。

「全然寂しくないな！　うん！」

「言い切っちゃうんですね……。それはそれで心配なんですが……」

そう言われてもなぁ……。

「家族ともずっと会ってなかったし、恋人《こいびと》も友人もいない……。一日中仕事して、家に帰って死んだように眠《ねむ》る。それが俺にとっての世界のすべてだった。それがある日突然、唯《ゆい》一神《いっしん》候補だとか言われて、訳の分からんモンスターやらと戦うハメになった……」

「改めてそう言われると、酷《ひど》い扱われ方してますね……。今度リリー様に会ったら私からちょっとクレームつけておきましょうか？」

「もう俺が直接文句言ってるから言わんでいい……」

ソフィアは、「ところで」と興味深そうに続ける。

「記録神を討伐したら、タロウ様が唯一神に選ばれて、どんなお願いでも叶《かな》えてもらえるんですよね？　どんなことをお願いするか決めてるんですか？」

「ん？　あぁ……。もちろん決めてる。つーかもうそれ以外に何を願うんだって話だ……」

「へー！　タロウ様のお願いってなんなんですか？　気になります！　教えてください！」

「そんな大層なもんじゃねぇよ……」

期待に満ちた目を向けるソフィアに、俺の願いを伝えると、目を丸くして首を傾げた。

「ほ、ほんとにそのお願いでいいんですか？　どんなお願いでも叶うんですよ？」

「いいんだよ」

「ほんとにほんとにいいんですか⁉　もったいないですか⁉　もっと私利私欲のために使った方がいいですよ！」

「悪の道に誘《さそ》うな。俺の信者だろ？」

ソフィアは、どこか嬉しそうにケラケラと笑い声をあげた。

「あはは。冗談《じょうだん》ですよ、冗談！　……けど、そのお願いはとてもタロウ様らしくて素敵《すてき》だと思います」

「素敵でもなんでもないだろ。当然の願いだ」

「……まぁ、そう言われてみればそうかもしれませんね」

話し終わった頃には夕日は完全に沈《しず》み、辺りはすっかり暗くなっていた。

外壁の下からツカサの呼ぶ声が聞こえる。

「おーい、二人とも。用意ができたぞ」

◇　◇　◇

ツカサに呼ばれて下に降りると、そこにはすでに馬車が用意されていた。

連れてきた馬を撫《な》でながらツカサが言う。

「ほんの数時間だが、志願兵たちには身を守りながら戦う術《すべ》を教えてきた。……できることなら外壁での戦闘だけで終わらせたいが、万が一そこが突破《とっぱ》され、市街地での戦いになれば、志願兵たちも戦う手はずになっている。直接の指揮は冒険者が行うが……少なからず犠牲《ぎせい》は出るだろう」

キメラ進行軍が出発してから数時間。

俺《おれ》たちはすぐにネオルチアへは出発せず、日没《にちぼつ》まで志願兵の訓練をツカサに頼《たの》んだ。

戦いに不慣れな志願兵の生存率を少しでも上げるためだ。

「そうか……。十分だ。ありがとう、ツカサ。体の方は大丈夫か？」

「あぁ。ソフィアに回復してもらったおかげで体力は完全に回復した。スキルはまだしばらく使えないようだがな」

「よかった。……俺たちがここでできることはもうない。ネオルチアへ向かおう」

「うむ。待っててくれ。みんなを呼んでくる。最後に活を入れて、みんなの士気を上げてくれ」

踵《きびす》を返し、戦いの準備をしている集団がいる方へ向かおうとするツカサ。

俺はその背中に声をかけた。

「ちょっと待ってくれ、ツカサ」

「ん？　なんだ？」

「……大丈夫。みんなを呼ぶ必要はない。ほら、見てみろ」

俺が鼻先で示した方に視線を向けるツカサ。

そこでは、それぞれが戦いに向け、慌《あわ》ただしく準備を整えたり、そのための指示を飛ばしたりしている。

「みんな、神様なんて必要ないんだ。一人一人、自分たちの力でできることをする。そのために努力したり、協力したりする。それが正しい世界の在り方だ」

「タロウ……」

俺の言葉を聞いたツカサは、小さく頷いてから、用意していた馬車に向かって歩を進めた。

「わかった。タロウがそう言うなら従おう。……けど覚えておいた方がいい。この世界はどこまでも広い。だから、一人くらい神様がいたっていいと、あたしはそう思う」

ツカサの言葉に、ソフィアが元気よく手を挙げてその場でぴょんぴょんと飛び跳《は》ねた。

「はいはいはーい！　私もそう思いまぁす！　私はもうタロウ様がいなくちゃ生きていけない体なんです！　責任取ってください！」

「勝手にそんな生きづらい体になるのやめて……」

結局俺たちは誰にもネオルチアへ向かうことは報告せずに行くことにした。

「さて。ネオルチアまで一仕事するか」

ソフィアが心配そうに言う。

「え……。ほんとにアレをやるんですか？　戦いの前にあまり消耗《しょうもう》するべきではないと思うんですが……」

「問題ない。どうせすぐに回復するし、できるだけ早くネオルチアに行きたいからな」

「まぁ、タロウ様がそう言うなら……」

そんな雑談を交わしていると、不意に陰《かげ》から声が飛んできた。

「私にもあいさつしないで行く気？」

声がした細い路地に目を向けると、そこには『ムーンシーカー』のリーダー、レイナが腕を組んで立っていた。

「レイナか。悪いな。そういうことだ。あとは任せたぞ」

俺の言葉に、レイナは眉《まゆ》を顰《ひそ》める。

「……なんだか最期《さいご》の別れみたいね。そんなんで敵に勝てるの？」

「勝つさ。なんたって俺には、俺を信じてくれる仲間たちがいるからな」

レイナはソフィアとツカサを一瞥《いちべつ》すると、そこに宿った真っすぐな瞳《ひとみ》を見て、小さく口元を緩《ゆる》めた。

「そうね……。あんたたちならやってくれる。私もそう思うわ」

レイナは小走りでこちらへ駆《か》け寄ると、俺をひょいっと持ち上げたあと、近くにいたソフィアとツカサの方も抱き寄せ、力強く言った。

「頼んだわよ、『フェンリル教団』」

「おう！」

そうしてかっこよく言いきったところで、馬車の荷台から馬を外しているツカサを見て、レイナが首を傾げる。

「……って、どうして馬を外してるのよ？　今からネオルチアへ行くんでしょ？」

「あぁ。もちろんネオルチアへ行くぞ。だが馬は使わん」

「馬を使わないでどうやって……ま、まさか！」

レイナは、ツカサが荷台から伸びる引綱《ひきづな》を俺に結んでいるのを見て目を丸くする。

「そう！　ネオルチアまでは、俺が馬をやる！」

第十九話『柴犬とキメラ侵攻軍』

セレスティアを出発してから数時間。

俺が引く荷台は猛《もう》スピードで砂埃を舞《ま》い立たせていた。

荷台に乗るソフィアが、顔を引きつらせながら言う。

「タロウ様！　もっとゆっくり行きましょうよ！　飛ばし過ぎですよ！」

「ふははははは！　走るの楽しぃ！」

「ちょっと！　また犬の部分が出てますよ！」

「このまま世界の果てまで行くぞ！」

「世界の果てってどこですか⁉」

ちょっとだけ楽しくなって地面を蹴《け》り続け、日が昇ってほんのりと暖かくなってきた頃《ころ》、視界の奥《おく》で地平線がぼやけているのが目に留まった。

よくよく見ると、それは大量に舞い上がった土煙《つちけむり》で、その中にはギラギラと目を血走らせたキメラたちが闊歩《かっぽ》している。

ヴォルグの地下から出現したキメラの数の比ではない。

人型、虫型、獣《けもの》型、ありとあらゆるモンスターたちの要素がいくつも入りまじっている。

「すごい数だ……。話に聞いてた通り、『鉱殻蜥蜴《ラピス・リザード》』に『アクスオーク』もいるな……。

しかも複数体……」

ソフィアも前方にいるキメラ進行軍に気が付いたのか、驚いて声を上げた。

「あぁ、そんな……。あれが全部、セレスティアに向かっているなんて……」

次いで、ツカサも神妙《しんみよう》な面持《おもも》ちで言った。

「セレスティアの外壁には、丈夫《じようぶ》な防御魔法《ぼうぎよまほう》が組み込まれているらしいが、あれ相手にいつまでもつか……。せめてタロウが大型モンスターでも討伐できればいいんだが……」

ツカサの言うことはもっともだ。

「今の俺なら、ほとんど一瞬《いつしゆん》で大型モンスターを討伐することもできるが……。無理だな。あのキメラ一体一体に記録神の魔力が埋《う》め込まれていて、それが薄《うつす》らと線になってネオルチアの方に繋《つな》がってる」

「探知魔法《まほう》か……。つまり、あたしたちがキメラ進行軍を討伐すれば、それはすぐに記録神に筒抜《つつぬ》けになる」

「あぁ。俺がキメラ進行軍と戦闘になれば、記録神はすぐにここへ転移してきて乱戦になるだろう。さすがに記録神とあの数のキメラを同時に相手するのは厳しい。幸い、記録神はネオルチアで俺と戦いたがってるみたいだし、ここは素通《すどお》りして本陣《ほんじん》を叩《たた》こう。エマたちも助けないといけないしな」

「うむ……。しかたない……な……」

歯切れ悪く納得《なっとく》するツカサ。

ツカサの気持ちは痛いほどわかる。

ここでキメラ進行軍を討伐できれば、あの大群がセレスティアへ到達《とうたつ》することはない。

しかし、それは記録神がいなければの話だ。

俺たちだけではどうすることもできない。

キメラ進行軍とぶつかり合わないよう、馬車は丘《おか》の上を走らせ、まっすぐネオルチアへ向かうことにした。

さっきまで遥《はる》か前方にいたキメラ進行軍が、俺たちが進むたびに距離《きょり》を縮ませ、やがて俺たちが走る丘の真下を交差する形で行違《いきちが》った。

キメラ進行軍が真下まで到達すれば、その足音は轟音《ごうおん》となって体の芯《しん》に響《ひび》き、舞い上がる砂埃は俺たちの全身にぶつかった。

進行速度は俺たちよりも遥かに遅《おそ》い。

おそらく、俺たちがネオルチアに到着すると同時くらいに、キメラ進行軍もセレスティアに到着するだろう。

真下を交差するキメラ進行軍を見つめながら、ソフィアが言う。

「……行きましょう、タロウ様。私たちは、私たちの役目を全《まっと》うしましょう」

「そうだな……。先を急ごう」

◇　◇　◇

ネオルチア地下牢《ちかろう》。

城の真下に作られたこの地下牢は、長い間手入れをされていないのか、至る所に水が溜《た》まり、一日中埃《ほこり》っぽさが鼻をつく。

日中でも日が差し込むこともなく、牢内は凍《こご》えるほど寒い。

エマとエリザがいる牢屋以外に生物はおらず、代わりにいくつかの人骨だけが閉《と》じ込められている。

ここに閉じ込められてすぐは、視界に入る人骨に怯《おび》えていたエマだったが、今はとにかく寒さと飢えとでそれどころではなかった。

幸いだったのは、地下に溜まった雨水が牢内に滴《したた》り落ち、それを貯《た》めて飲み、喉《のど》の渇《かわ》きを潤《うるお》せたことだ。

冷たい地面に横たわると体温を奪《うば》われるので、壁《かべ》にも触《ふ》れないよう、ちょこんと座《すわ》って体をさすり、寒さを紛《まぎ》らわせるエマ。

吐《は》く息は白く、指先の感覚はすでにない。

凍えて震《ふる》えるエマの背中をさするエリザ。

「ここはほんとに冷えるわね。どれくらいたったのかしら？　外が見えないからわからないわ……」

「寒い……。お腹《なか》減った……。ここから出たらまたツケで料理長のご飯いっぱい食べる……」

「ちゃんとお金出しなさいよ……。借金なんてしてたらロクな大人にならないわよ？」

背中をさすってくれるエリザに、エマは控《ひか》えめな口調でたずねた。

「……エリザは昔、先生だった？」

エマの背中をさすっていたエリザの手が止まる。

二人しかいない空間に、水溜《みずた》まりに滴り落ちる水滴《すいてき》の音が響く。

エリザはエマから少し距離を取り、壁にもたれかかりながら答える。

「……まぁね。もうずっと昔のことよ」

「何を教えてた？」

「なんでもよ。文字の読み書き。計算。歴史。他にもいろいろ。社会に出て困らないように」

「エリザは頭がいい？」

「まさか。私は元々孤児《こじ》だし、勉強も独学。……だから私と同じような身寄りのない子を集めて勉強を教えてたのよ」

「そっか……。ボクも、エリザの授業受けてみたいな」

「……もう授業はしないわ。今の私に、そんな資格はないもの」

「資格？」

エリザが話したがっていないことに気付いたエマは、それ以上たずねることはなく、ただエリザの横に座って身を寄せた。

「近くにいるとあったかい」

「……そうね」

それから少しの間を置いて、今度はエリザから口を開いた。

「……私の生徒にも、あんたに似て料理が得意な子がいたわ」

小さく頷くエマに、話を続ける。

「とってもいい子でね。いっつも楽しそうに笑って、近くの畑で貰《もら》ってきた野菜を使っておいしい料理をみんなにふるまってくれた。……私、どれだけ練習しても料理だけは苦手でね。だからその子が料理をする時は、私が生徒で、その子が先生」

「ボクも一緒《いっしょ》に食べたかった」

「ふっ。あんたは食《く》いしん坊《ぼう》だもんね。……その子だけじゃない。まだ小さいのに計算がとても速い子もいれば、とてもうまい絵を描く子。とにかく優《やさ》しくて小さな子の面倒《めんどう》を見てくれる子や、わんぱくだけどムードメーカーで周囲の雰囲気を明るくする子。……ほんと、いろんな子がいて、毎日とっても楽しかったわ」

「エリザはきっといい先生だった」

「……そうね。私もあの日までは、いい先生でいられたかもしれないわね」

「あの日？」

エリザは瞳の奥に怨嗟《えんさ》の念を淀《よど》ませ、憎《にく》しみを込めて言った。

「あいつが……神鬼《しんき》が、私の町へやってくるまでは……」

エマの脳裏《のうり》に、昔、神鬼に誘拐《ゆうかい》された時の恐《おそ》ろしい記憶《きおく》が蘇《よみがえ》る。

エリザは苦しそうにこぼす。

「あいつは、周囲の町を襲《おそ》い、恐怖《きょうふ》を広めることで信仰心《しんこうしん》を高め、自分を強化する手伝いを、魔眼《まがん》を持つ私にするように命令した。……けど、私はそれを拒絶《きょぜつ》した。当然よね。虐殺《ぎゃくさつ》の手伝いをしろなんて言われて、進んで手伝おうとする人なんていないもの……。けど、あいつはそんな私の意見なんて聞かなかった。それどころか、私に虐殺の手伝いをさせるため、子供たちを傷つけた！」

感情が高ぶったエリザは、苦悶《くもん》に顔を歪《ゆが》ませ、唾《つば》を飛ばす。

「あの子たちの体は、生きてるのが不思議なくらい大きな傷が無数につけられて！　それでもあいつは子供たちを死なせなかった！　人の体を簡単に壊《こわ》せるあいつは、人の体を壊さずに傷つける方法も心得てた！　……私は屈《くっ》した。あれ以上、あの子たちが傷つけられるのに耐《た》えられなくて、他の町に住むたくさんの人たちの命を差し出した。……そこには、あの子たちと同じくらいの年齢《ねんれい》の子供だってたくさんいたのに……」

エリザは膝《ひざ》を抱《かか》え、そこに顔を埋めて小さく言う。

「……私はあの日、いい先生じゃなくなったのよ」

話を聞き終えたエマは、丸まったエマの背中に手を添《そ》わせた。

エリザに降りかかった不幸としか思えない惨劇《さんげき》に、かける言葉に詰《つ》まる。

エリザの生徒たちはきっと、エリザに感謝している。

エリザは何も悪くない。

そんな言葉が脳裏を過るが、エマはそれを口にすることはなかった。

それらの言葉は、あまりにも薄っぺらく感じたからだ。

だから、エマは自分の気持ちを素直に口にすることにした。

それは紛《まぎ》れもなく、エマが感じた事実だった。


「エリザ、ありがとう」


エマの言葉に、エリザは顔を上げ、首を傾《かし》げる。

「何よ、それ……。私、お礼を言われるようなことなんてしてないわよ……」

「だってエリザは、ボクを助けようとしたからここにいる。ボクがソフィアちゃんの方に走り出して、そんなボクを心配して、エリザはついて来てくれた。ボクを、助けようとしてくれた」

「そんなの……。こうして一緒に捕《つか》まってたらしかたないわよ……」

「ううん。しかたなくなんてない。だって、一緒にいてくれるだけで、ボクはこんなに安心してる。だから、ありがとう。ボクを助けようとしてくれて。ボクのために手を伸ばしてくれて」

「…………私にお礼を言われる資格はないわ。こんな、私なんかに……」

エマは俯《うつむ》くエリザの両頬に軽く手を当てると、そのままゆっくりと視線を合わせた。

「そんなの関係ない。エリザはボクを助けようとしてくれた。それだけが事実」

以前、神鬼から逃《に》げたエマを追いかけた時、エマは仲間を守るため、エリザの前に立ちはだかった。

その体は震えていて、今にも潰《つぶ》れてしまいそうなほどか細くて、エリザの目にはとても弱々しく映った。

だけど、その瞳に宿る強い意志は、確かにあの時の少女に見たものと全く同じだった。

エマの言葉に、エリザは小さなため息を吐き、ボリボリと頭をかいた。

「……はぁ。あんたの言いたいことはわかったわよ。お礼は素直に受け取ってあげる」

「うん。それがいい。お礼はいくらもらっても困らない」

「ったく。小さいくせに強情《ごうじょう》ね……」

会話を終えた二人を襲ったのは、突然の爆発音《ばくはつおん》だった。

ドォンッ、と鈍《にぶ》い音が響いた直後、地下牢全体が大きく揺《ゆ》れ、天井《てんじょう》に大きなヒビが伸びる。

「危ない！」

慌ててエマに覆《おお》いかぶさるエリザ。

謎《なぞ》の爆発音はその後も断続的に続き、地下牢はそのたびに大きく震え、天井のヒビからはパラパラと瓦礫《がれき》の欠片《かけら》が降り注いだ。

「な、なによこれ⁉　どうなってるの⁉」

慌てるエリザとは裏腹に、エマははっと顔を上げた。

「今……ツカサちゃんの声が聞こえた……」

「ちょっと！　頭下げなさい！　危ないでしょ！」

再びエマを抱《だ》きかかえるエリザだったが、爆発音は止《や》み、地下牢に響いていた振動《しんどう》は消え去った。

「な、なんだったのよ……今の……」

呆然《ぼうぜん》とするエリザのすぐ目の前には、瓦礫でひしゃげた鉄格子《てつごうし》があり、そこには大人一人が容易に外に出ることができるほどの隙間《すきま》が空いていた。

瓦礫に潰された際に引きちぎれたのか、鉄格子に使われていた鉄の棒の一本が転がっている。

さらにエリザは、自分たちの足についた鎖《くさり》に目を向ける。

それは、壁に打ち込まれた円形の杭《くい》でつなぎ留められている。

エリザは落ちている瓦礫を杭の横に置き、さらに鉄の棒を円形になった杭に通した。

それから杭を通した方とは逆側を足で踏《ふ》み、瓦礫を支点にして力を加えていく。

その様子に、エマは首を傾げる。

「エリザ？　何してるの？」

エリザはぐっと足に力を込めながら答える。

「見てなさい。非力な人間でも、こうやって力を加えれば――――！」

エリザが一気に力を込めて鉄棒を踏みつけると、その勢いで杭に通していた逆側に大きな力が加わり、壁に打ち込まれていた杭は勢いよく引き抜《ぬ》けた。

「はぁはぁ……。ほらね」

「エリザ、すごい！」

「感心するのは後よ。さっき言ってたわよね？　仲間の声が聞こえたって」

「うん！　あれは絶対ツカサちゃんの声だった！」

「きっと助けに来たのね……。あんたの鎖も外してあげる。さっさと合流して、こんなところからおさらばするわよ！」

「うん！」

第二十話『柴犬《しばいぬ》とネオルチア』

キメラ進行軍とすれ違《ちが》ってから数時間後。

俺が蹴る地面はいつの間にか、舗装《ほそう》された大通りに変わっていた。

その先には、締め切られた大きな門が構えている。

セレスティアより一回りも二回りも大きな外壁。

周囲に伸びる深い川が、ネオルチアをぐるりと囲み、敵の侵入《しんにゅう》を阻《はば》んでいる。

中央には、遠巻きにもすぐにわかるほど巨大《きょだい》な城が構えており、この国の巨大さを見せつけている。

「あれがネオルチアか……。でかいな……」

「うむ。なにせ世界一の大国だからな」

荷台からネオルチアを眺《なが》めていたソフィアが、その様子を見て眉を顰める。

「……けど、ここからは人の気配がしません。楽しそうな話し声も、お腹がすくような料理の匂《にお》いも、小鳥のさえずりさえ聞こえてきません……」

ソフィアの言う通り、ネオルチアに生活しているような気配はない。

しかし、俺の《超嗅覚《ちようきゆうかく》》はそれ以外の不穏《ふおん》分子を嗅《か》ぎ取っていた。

「臭《にお》うな……」

直後、ツカサが続ける。

「うむ。ちらほらと殺気を感じるな。セレスティアに差し向けた進行軍以外にも、防衛にキメラを回してたらしい。しかし手薄《てうす》だな。やはり罠《わな》か……」

「罠だろうな。この国全体から、何か不穏な臭いが漂《ただよ》っている……。俺たちを誘ってやがるんだ」

これまで感じたことのない、全身を打つ邪悪《じやあく》な気配。

《超嗅覚》でそれらを敏感《びんかん》に感じ取ってしまう分、少しでも気を抜くと狂気《きようき》に取り込まれてしまいそうになる。

その邪悪な気配が周囲に満ちる中、嗅いだ覚えのある匂いが鼻をつく。

「ツカサ！　見つけた！　エマだ！　それにエリザも一緒にいる！」

「なに⁉　どこだ⁉」

「地下だ！　城の地下にいる！　二人とも衰弱《すいじやく》しているが無事だ！」

「牢にでも閉じ込められているのか……。かわいそうに……」

「ツカサ。作戦通りに行くぞ。俺はソフィアを連れて記録神の討伐《とうばつ》へ向かう。ツカサはエマとエリザの救出を頼む」

「うむ。二人を救出したら安全な場所まで避難《ひなん》する」

「頼んだぞ」

「任せろ」

舗装された道を進み、ようやくネオルチアへ続く巨大な門へたどり着くと、俺は徐々《じょじょ》に速度を落とした。

「よし。馬車はここまでだ。あとは外壁をよじ登って中に……ん？」

それまで堅《かた》く閉ざされていた門は、俺たちを前にすると何故《なぜ》だか、ギィ、と不気味な音を立てて中から開かれた。

その様子に、ソフィアが不安そうな表情を浮《う》かべる。

「中に入れって言ってるみたいですね……」

ツカサもどこか呆《あき》れた口調で言う。

「罠だということを隠《かく》しもないのか。どうするタロウ？」

「行くさ。罠だってことも元々わかってたしな」

ネオルチアの中央へ伸《の》びる大通り。

人の気配はなく、代わりに、窓ガラスが割れた民家が立ち並び、道には点々と武器や武具などが落ちている。

「どうやらネオルチアの国民は、ここで戦っていたらしいな」

ツカサは注意深く周囲を見渡《みわた》した。

「だが、死体は一つもない……。全員キメラにされてしまったのか……」

ここへ来る途中《とちゅう》に見た、キメラ進行軍の姿を改めて思い出す。

きっと、あの大群の中のほとんどが、ここの元住民たちだったのだろう。

荷台から恐る恐る顔を出すソフィアが、不思議そうに首を傾げる。

「ですが、そのキメラたちはそこに行ったんでしょうか？　ここにもまだキメラが残っているんですよね？」

「よく見て見ろ、ソフィア。奴《やつ》らならたくさんいるぞ」

「えっ⁉　ど、どこですか⁉」

俺の言葉に、慌ててキョロキョロと辺りを見回すソフィア。

左右を後方へ流れる民家の屋根の上。

細く狭《せま》い路地の裏。

半壊《はんかい》した屋台の下。

そこら中で人型キメラが息をひそめ、大通りを進む俺たちを盗《ぬす》み見ている。

そのことに気付いたソフィアは、ひっ、と小さく悲鳴を上げた。

「いいい、いるじゃないですか！　それもたくさん！」

「だからいるって言ってただろ……」

キメラが俺たちを襲ってこないのは、ソフィアを傷つけたくないためか……？

それとも、確実に俺たちを罠にハメるため、奥へ誘っているのか……？

周囲にある魔力《まりょく》の気配といえば、キメラから漂ってくる記録神のものだけ……。

それ以外に罠のような魔力の臭いはない。

おそらく、記録神の本命は、この国全体を覆うように漂っている、鼻が曲がりそうな邪悪な臭いにあるのだろう。

だが、この臭いの発信源は俺の鼻でさえ特定できない……。

記録神の臭いじゃない……。

他に唯一神候補がいるのか……？

いや、それはない。

リリーが、残りの唯一神候補は俺と記録神だけになったと言っていた。

つまり、この臭いの発信源は、唯一神候補以外の存在……。

記録神以外に、こんな邪悪な臭いを放つ奴がいるのか……？
鼻をつく不気味な気配に考えを巡《めぐ》らせていると、やがて視線の先に立派な城が現れた。
荘厳《そうごん》な造りの巨大な城。
何本も天へ伸びた円柱形の屋根が特徴的《とくちょうてき》だ。
しかし、遠くからでは気づかなかったが、近くで見ると城はボロボロだった。
割れたステンドグラス。
破壊《はかい》された銅像。
壁には人が通れるほどの大穴が空いている。
城の前にある壊れた噴水《ふんすい》の前で馬車を停《と》めると、ソフィアが目を丸くした。
「ひどい……こ、こんな……」
ソフィアの視線の前には、惨《むご》たらしい死体が七つあった。
すべて磔《はりつけ》にされていて、真っ黒な炭になっている。
しかも、死体の大きさから、そのほとんどがまだ子供だったことが見受けられた。
引綱を外し、死体の足元まで歩み寄る。
炭になった死体の顔は、どれも壮絶《そうぜつ》な表情を浮かべているように見える。
「生きたまま火あぶりにされたのか……」

ツカサが、死体の足元に落ちている金色のネックレスを拾い上げた。

「どうやら燃やされたのはネオルチアの王族らしい。きっと住民をキメラにするため、抵《てい》抗《こう》されないように見せしめにしたんだろう」

そのツカサの言葉に、思わぬ返答があった。

「うん。そうだよ。よくわかったね」

第二十一話『柴犬と少年』

振《ふ》り返ると、そこには一人の少年が立っていた。

まるで罪を罪とも感じない円《つぶ》らで無機的な瞳が、俺《おれ》たちを見やる。

間違《まちが》いない。以前、ワノイの玉座の間で見た記録神そのものだ。

「ツカサ！　引け！」

記録神の存在を認知《にんち》し、すぐさま距離を取るツカサ。

俺も人間に耐えられるギリギリの速度でソフィアを馬車から引きずり下ろす。

ソフィアの安全を確保し、改めて目の前にいる記録神を睨《にら》みつける。

いつだ！　いつからあいつはあそこに立っていた！

まったく気が付かなかった！

移動系の神格スキルか⁉

俺たちの警戒《けいかい》とは裏腹に、記録神はヘラヘラと掴《つか》みどころのない笑《え》みを浮かべる。

「あはは！　そんなに警戒しなくってても大丈夫《だいじょうぶ》だよ！　そこで黒焦《くろこ》げになってる奴らみた

いに火あぶりにしたりしないからさ！」

心底楽しそうに語る記録神に、ツカサが怒気《どき》を飛ばす。

「おい！　何故《なぜ》こんな惨いことをした！　まだ子供もいたんだぞ！」

ツカサの言葉に、記録神はそれまでのヘラヘラした笑顔《えがお》をスッと引っ込《こ》めると、ツカサの方へ右手を向けた。

「おい。雑魚《ざこ》が許可なく僕《ぼく》に話しかけるな。不愉快《ふゆかい》だ」

直後、記録神の背後に出現する魔法陣《まほうじん》。

そこからゴツゴツした化け物の腕《うで》が伸びてきて、何のためらいもなくツカサへと振り下ろされる。

「ツカサ！」

ツカサが立っていた地面は、化け物の巨大な拳《こぶし》が勢いよくぶつかり、そこにぽっかりと巨大な穴ができる。

しかしよく見ると、ツカサはその拳の後方へ飛んでおり、さらにクナイまで抜いている。

地面に叩きつけられた化け物の拳から血が噴《ふ》き出し、周辺に青い血液が飛び散った。

記録神が驚《おどろ》いたように目を見開く。

「へぇ……この攻撃《こうげき》って人間が避《よ》けれるんだ。しかも反撃《はんげき》してるし……。ふーん。さすがフェンリルの仲間ってとこか。人間のくせにやるね」

ツカサはクナイを構え、記録神との距離を保った。

よし。それでいい。

ツカサの目的はあくまでエマとエリザの二人。

無理に記録神の相手をする必要はない。

記録神はツカサには執着《しゅうちゃく》せず、俺に視線を移すと、再びヘラヘラと笑みを浮かべた。

「えっと、何の話だっけ……？　あっ！　そうだそうだ！　そこにいる元王族たちの話だったね！　知ってる？　ここの王族って庶民《しょみん》のための政策をたくさん打ち出しててね。税金は安いし、医療《いりょう》も整ってる。失業した時の保障だってしてくれてたね。庶民から愛された、すっごく偉大《いだい》な王様だったんだって！」

記録神は、まるで思い出し笑いをかみ殺すように言った。

「だからねー、僕。そんな庶民たちに、みんなが愛する王族を生きたまま火あぶりにさせたんだー」

記録神は、その無邪気《むじゃき》な子供の顔からは想像もできないほど不気味に口角を上げた。

「楽しかったなー。みんな泣きながら王様たちに火をつけてさー。ま、そうしたら庶民の命は助けてやるって言ったのは僕なんだけどね。けど、自分たちの命かわいさで、今までよくしてくれてた王様たちをあっさり殺しちゃうんだもん。僕びっくりして、ついつい庶民全員キメラに変えちゃったよー。あはは！　ほらっ。そこで黒焦げになってる子供たちなんて、ただ王族っていうだけで、まだ物心もついてないのにねー。みんな泣き喚《わめ》いて――」


「黙《だま》れ」


記録神は一瞬言葉を詰まらせる。

全身を駆《か》け巡る不快感。

体の細胞《さいぼう》の一つ一つが、目の前にいる悪魔《あくま》を殺せと吠《ほ》えている。

「記録神……。お前はここで、俺が噛《か》み殺す」

一瞬怯《いっしゅんひる》んだ記録神だったが、すぐに元の調子を取り戻《もど》した。

「ふーん。じゃあ、やってみてよ」

パチンッ、と記録神が指を鳴らすと、それまで民家の陰《かげ》に隠れていたキメラたちが一斉《いっせい》に走り寄ってくる。

こいつらも元はネオルチアの住民だったのだろう。

かわいそうに……。

死んでなお、記録神の手駒《てごま》にされるとは……。

「安心しろ。俺が全員解放してやる」

記録神もわかっている。

今の俺に、戦闘力《せんとうりょく》の低い人型のキメラなんて対して役に立たないことを。

おそらく敵の目的は、俺がキメラに気を取られて、その間にソフィアを手に入れること。

ならばこちらは、ソフィアから離《はな》れず、最小限の動きだけでキメラを消し飛ばす！

近づいてくるキメラだけを標的にし、その首を的確に爪《つめ》で消し飛ばす。

頭部を失ったキメラは、まるで電池が切れた人形のようにその場に頽《くずお》れていった。

俺との戦力差に恐れをなしたのか、キメラたちは明らかに怯えて震えている。

ツカサの方は——

と、ツカサのことを気にかけた直後、ドォンッ、という激しい爆発音と共に、凄《すさ》まじい爆風《ばくふう》が全身を打った。

慌《あわ》ててソフィアを庇《かば》いながら、そちらを見やる。

「な、なんだ⁉」

見ると、ツカサの手の中には火のついた球体が握《にぎ》られており、その目の前では炎上《えんじょう》するキメラたちが苦しみもがいている。

ツカサは手に持っている球体を自慢《じまん》げに見せつける。

「ふっふっふ。新しい暗器の調子はよさそうだな。数は少ないが中々の威力《いりょく》だ」

「爆弾《ばくだん》は暗器じゃねぇよ！」

「何を言う！　敵は殺されたことにさえ気付く間もなく、あっという間にあの世行きだ。まさしく暗器！　この威力を出すのにどれだけ苦労したか！　……ちなみに調合はソフィアに手伝ってもらったぞ」

暗器の概念《がいねん》が俺と違いすぎる……。

ツカサが持っていた爆弾を四方八方に投げると、それらは次々と爆発《ばくはつ》し、近くにいたキメラたちは肉塊《にっかい》へと変わっていった。

「ふははは！　見ろタロウ！　敵がゴミのようだ！」

「落ち着けツカサ！　やり過ぎだ！」

だが、そうしていくつも投げられた爆弾のうちの一つは、他とは違い、爆炎《ばくえん》ではなく、周囲に白い煙幕《えんまく》を放ち始めた。

「煙幕……？」

ツカサの煙幕で視界が遮《さえぎ》られたほんの一瞬《いっしゅん》、記録神はそれをかき消すように化け物の腕を横一線に大きく振り回す。

腕の勢いで煙幕はすぐさまかき消されるも、すでにそこにツカサの姿はない。

さすがツカサだ……。

敵の注意を爆弾に引きつけ、煙幕で視界を奪った一瞬でエマとエリザの救出に向かったか……。

そっちは頼《たの》んだぞ、ツカサ。

いなくなったツカサに、記録神は感心したように目を見開く。

「へぇ。やっぱりあの人間すごいね。ただの馬鹿かと思ったら、ちゃんと考えて行動してるんだ」

「あ、当たり前だろ」

……まぁ、俺も一瞬、ツカサがただの爆弾魔《ばくだんま》に見えたけど……。

記録神が近くにいるキメラに触れると、そのキメラは大きな悲鳴を上げながら、見る間に肉の剣《けん》へと姿を変えた。

記録神はその剣を構え、切っ先を俺に向ける。

「まぁいいや。じゃあ、さっそく始めようよ。最後の戦いってやつを」

「あぁ。お前が死ぬまで食らいついてやる」

第二十二話『柴犬と逃亡者《とうぼうしゃ》』

閉《と》じ込められていた牢屋《ろうや》が謎の爆発で壊れ、その隙間から外へ逃げ出したエマとエリザは、現在城の中を二人で走り回っていた。

エマの手を引き、前を走るエリザが曲がり角で足を止める。

「止まって！」

「うぷっ」

勢い余って顔面からエリザの背中に激突《げきとつ》するエマ。

エマは赤くなった鼻を押さえながら、エリザが見つめている角の向こうに視線を向ける。

するとそこには、槍《やり》を持ったキメラが一匹《ひき》、トコトコと城内を歩き回っていた。

そのキメラの姿に、エリザは小さく舌打ちをする。

「ちっ。またキメラ……。人間はどこかにいないの？」

「ここって、やっぱりネオルチア？」

「でしょうね。城の中でこれだと、外はどうなってるのやら……」

キメラに気取られないよう、再び走ってきた方へ引き返すエリザ。

手を引かれるエマも小走りでその後を追う。

息を荒《あら》らげながらも、エリザはエマの言葉を思い返した。

「ねぇ、さっきの、ツカサの声が聞こえたっていうのは間違いないのよね？」

「うん。あれは絶対ツカサちゃん。楽しそうに笑ってた」

「笑ってた……？」

「たぶん、爆弾とか楽しそうに投げてたんだと思う」

「いや、さすがにそんな不審者《ふしんしゃ》いないでしょ……」

呆れた表情を浮かべつつも、常に周囲に気を張るエリザは、キメラがいないのを確認《かくにん》してから何度か角を曲がり、城を奥《おく》へと進んだ。

出口はおろか、窓さえ見つからない広すぎる城内に、エリザは深いため息を吐《つ》いた。

「はぁ……。ったく。城から出たいのに、出口がどこにもないじゃない……」

「諦《あきら》めないで、エリザ。きっといいことある」

「おおざっぱな慰《なぐさ》めなんていらないわよ……」

いくら進んでも出口が見つからない苛立《いらだ》ちに、頭を抱えるエリザ。

そのエリザの耳に、前方の曲がり角の先から近づいてくる足音が届く。

「まずい！　引き返すわよ！」

「だめ」

「だめ？」

エマはフルフルと首を横に振る。

少し遅《おく》れて、引き返そうと思った先から、キメラがこちらに歩いてくるのが目に留《と》まった。

幸い、まだキメラはこちらには気が付いていない。

「ちっ！　ならこっちよ！」

エリザはすぐ近くにあった扉《とびら》を押《お》し開くと、その中へ飛び込むように入って行った。

中は薄暗《うすぐら》く、鼻が曲がりそうなお香《こう》の匂いが漂っている。

「うっ……。お香？　すごい臭いね……。鼻が曲がりそう……」

「くさい」

扉の外から聞こえる足音が、扉の前で立ち止まる。

この部屋に入るところを見られたと勘《かん》ぐったエリザは、部屋の奥にあったクローゼットに、慌ててエマを押し込め、自分自身もそこへ飛び込んだ。

ガチャリ、と廊下《ろうか》から開かれる部屋の扉。

「静かにしてなさいよ」

エマに小声で指示し、二人して息を殺す。

クローゼットの中から外の様子は見えない。

だが、足音が部屋の中を徘徊《はいかい》しているのははっきりとわかった。

明らかに何かを探して歩き回っている。

クローゼットに武器になるものがないかを手探《てさぐ》りで確認するエリザ。

もぞもぞと下の方で手を動かしていると、いつの間にかエマの頭を撫《な》でていたようで、エマは少し嬉《うれ》しそうに目を細めている。

呑気《のんき》なエマに呆れつつも、さらに武器を探していると、エリザの指に硬《かた》いものがぶつかった。

部屋を徘徊する足音はそのまま一度扉から出て行こうとするも、一度立ち止まり、すぐに小走りでまっすぐクローゼットへ近寄ってきた。

おそらく、クローゼットの中をまだ見ていないことに気付き、最後に確かめに来たのだろう。

歯を食いしばり、腹をくくるエリザ。

エマはそのエリザに抱き着きながらも、扉の方をしっかりと見据《みす》えている。

直後、開かれるクローゼットの扉。

エリザのエマの目の前には、キメラ……ではなく、二人をここへ誘拐《ゆうかい》してきた張本人であるルノアの姿があった。

キメラから、この部屋に何者かが入って行ったかもしれない、という曖昧《あいまい》な報告を受けたルノアだったが、本当にクローゼットの中に人が入っていたので、ぎょっと驚いた表情を浮かべている。

しかもその二人が、自分が捕まえてきたエマとエリザだったことと、そのエリザが片手で高々と大きなトランクを掲《かか》げていたせいで、ルノアは一瞬固まってしまった。

そのわずかに遅れた一瞬をつき、エリザは掲げていたトランクを目一杯《めいっぱい》の力でルノアに投げつける。

咄嗟《とっさ》に手で防御《ぼうぎょ》するルノアだったが、トランクのなかにたくさんの衣類が詰め込まれていたせいで、その重さに耐《た》えきれず、ルノアはそのまま後方へと吹《ふ》き飛ばされた。

「走るわよ！」

「うん！」

ルノアを押しのけた直後、エリザとエマは二人揃《そろ》ってクローゼットの外へと飛び出した。

床《ゆか》で打ち付けた尻《しり》をさすりながら、二人の背中に怒声《どせい》を飛ばすルノア。

「ま、待ちやがれ！　てめぇら！」

追ってくるルノアを尻目《しりめ》に廊下を突《つ》き進《すす》むエリザとエマ。

「走りなさい！　エマ！」

「うん！」

どこへ向かえばいいかもわからず、一心不乱に走る二人の目の前に、一体の人型キメラが立ち塞《ふさ》がる。

その手には、鈍色《にびいろ》に光る剣が握られていた。

エリザはすぐさまエマの前に立ちはだかり、眼帯を投げ捨てた。

魔眼《まがん》に映るのは、キメラの全身を巡る魔力の流れ。

それらはキメラの体を薄《うっす》らと覆っており、ゆらゆらと揺れ動いている。

さらに、キメラの右手に纏《まと》う魔力が上方へとわずかに移動すると、それを追って実際の右手も魔力をなぞるように上へ持ち上げられる。

特別な訓練をしていない魔力を持つ生物はみな、魔力と動きと肉体の動きが連動する。

エリザの魔眼はさらにその魔力の動きを機敏《きびん》に感知し、事実上、敵の動きを先読みすることを可能にした。

キメラの右手に握られた剣が振り下ろされる直前、魔力の動きからそれを予測し、ギリギリで攻撃をかわすエリザ。

しかし、エリザにできるのはそれだけだった。

かわすことはできる。

だが、攻撃の手段がない。

だからこそ、エリザはこれまで戦闘《せんとう》を避けていた。

勢いよく振り抜かれたキメラの剣を避けたエリザは、その脇腹《わきばら》に体当たりをし、敵の体勢を崩すと、ひょいっとキメラを飛び越《こ》えた。

後ろに向かって手を伸ばす。

「ほら！　エマ、早くしなさい！」

「ちょっと待って！」

エリザに続いてキメラを飛び越えようとしたエマだったが、一度足を止め、キメラが落とした剣をひょいと拾い上げた。

何かの役に立つかもしれない、そう考えてのことだったが、その一瞬の遅れのせいで、キメラを飛び越えた直後、足首を敵に思いきり掴まれてしまった。

エマの足首がキメラに掴まれたのを見るや否《いな》や、エリザがそれを思いきり蹴《け》り飛ばし、再びエマの手を引き前方へと走り出す。

キメラから距離《きょり》を取った直後、階段を下ったところで、エリザの魔眼には眼前に突如魔《とつじょま》力《りょく》の塊《かたまり》が出現するのが映り込んだ。

「危ない！」

「ひぁっ⁉」

咄嗟にエマの襟首《えりくび》を引っ掴み、右手に倒《たお》れこむように回避《かいひ》行動を取るエリザ。

直後、さっき魔眼で目撃《もくげき》した場所に、魔力の球体が出現し、そこからルノアが姿を現すと同時に、エリザがさっきまでいたところに向かって蹴りを繰《く》り出した。

自身の蹴りが空を切ったことで虚《きょ》を衝《つ》かれるルノア。

そのまま着地し、床に転がっているエリザの魔眼に着目する。

「あー……。なるほど。その魔眼のせいか。てめぇのことも調べさせてもらったぜぇ。なんでも昔、神鬼《しんき》と一緒《いっしょ》に人を殺しまわってたそうじゃねぇか。嫌《きら》いじゃねぇぜぇ、そういう尖《とが》ったの」

エリザの代わりに、すぐさまエマが反論する。

「エリザはそんなことしたくてしたんじゃない！　勝手なこと言わないで！」

ルノアの言葉に反論するよりも、自分たちの安全を優先したエリザは、すぐさまエマと共にその場から離れるように走り出した。

しかし、魔眼はそのすぐ眼前に再び魔力の塊が出現するのを感知し、すぐさま足を止める。

遅れて魔力の球体から転移してくるルノアが、またもや機敏に反応して行動するエリザに、上から目線でぱちぱちと拍手《はくしゅ》を送った。

「おぉ、すげぇな。やっぱ見えてんのか。さすが魔眼。けど知ってっか？　魔眼ってとある地方では、不吉《ふきつ》の前触《まえぶ》れだって蔑《さげす》まれてて、魔眼を持って生まれた子供はすぐに殺されるか、捨てられるんだとよ。別の地域ではその優《すぐ》れた魔力感知能力から、貴族並みの扱《あつか》いをしてもらえるっていうのになぁ」

ルノアの挑発《ちょうはつ》するような口調に、エリザは自身の生い立ちを思い出し、歯を食いしばる。

「へぇ、ほんとに私のことをよく調べたようね……」

「あぁ！　てめぇは前者！　捨てられた方だよなぁ！」

ルノアの話を聞きながらも、エリザはここから逃《に》げ出す方法を考え続けていた。

そんなエリザに、ルノアは優《やさ》しい口調で語る。

「キシシッ！　だが、嫌いじゃねぇ。オレも物心ついた頃《ころ》にはスラムで暮らしてたんだ。

そこから這《は》い出すために、どれだけ血反吐《ちへど》吐《は》いて転移スキルを手に入れたかは思い出したくもねぇ……。だからこそ、提案してやる。エリザ。オレに協力しろ」

ルノアの突然《とつぜん》の提案に、エリザの思考は止まり、思わず間抜《まぬ》けな声が漏《も》れる。

「……は？」

「キシシッ！　まぁまぁ、そう驚くな、オレは本気で言ってんだぜ⁉　オレに協力しろエリザ！　そうすればてめぇの命はオレが助けてやる！」

エマを一瞥《いちべつ》すると、不安そうな表情を浮かべ、エリザにくっついている。

エリザはルノアの真意を探《さぐ》るよう、慎重《しんちょう》に言葉を選ぶ。

「あんたの目的は？　まさか生い立ちが似てるから、なんて感傷的な理由じゃないわよね？」

「キシシッ。安心しろ。そんなクソみたいな理由じゃねぇ。単にてめぇをこっちに引き込んだ方が、オレにとって都合がいい。それだけだ」

「都合がいい……？」

「もうオレはたくさんなんだ！　選定の儀《ぎ》？　記録神？　知るか！　オレの人生はオレだけのもんだ！　なんであんなガキに怯《おび》えながらこの先生きて行かなきゃいけねぇんだ！

オレはただ自分勝手に生きたかっただけ……。オレを見下した奴らに復讐《ふくしゅう》したかっただけ！　だから『愚者の蹄《ぐしゃのひづめ》』を作った！　あんな人外共の手駒にするためじゃねぇ！」

ルノアはがっしりとエリザの肩《かた》を掴み、懇願《こんがん》するように言う。

「お前の魔眼があれば、クライムからも逃げられる！　また好き勝手に暮らせる！　てめぇだって、今はこうして外に出てっけど、終わったらまた監獄《かんごく》行きだろ？　この先一生牢屋の中で過ごす気か？　そんなの嫌《いや》だろ！　抗《あらが》えよ！　オレと一緒に好きに生きろ！」

エリザは、ルノアの提案も悪くないと内心で思っていた。

ルノアの転移能力があれば、この場から逃げることは容易《たやす》い。

ルノアの言葉に考えが揺《ゆ》れ動くエリザは、不安そうにこちらを見つめるエマと目が合った。

エマの頭に軽く手を乗せ、ルノアにたずねる。

「……この子は……エマは、どうなるの？」

自分の提案を真っ向から突っぱねないエリザに、ルノアはぱっと明るい表情を作って即《そく》答《とう》した。

「そのガキはもう用済みだからこの場で殺そう！　大丈夫！　オレが一瞬で殺してやる！　子供を殺すことは慣れてるからな！　だから！　さぁ！　オレと一緒に今すぐこんなとこ

ろから逃げ出そう！」

その言葉はあまりにも、エリザには受け入れがたいことだった。

ありえないことを嬉々《きき》として語るルノアの瞳《ひとみ》は、かつて楽しそうに虐殺《ぎゃくさつ》に手を染めた神鬼の瞳と重なった。

「そう……。わかったわ……」

「よ、よし！　じゃあ、今すぐここから――」

エリザは、エマが抱《かか》えていた一本の剣を手に取り、その切っ先をルノアに向けた。

「あんたの仲間にはならない。たとえ、死んでも！」

第二十三話『柴犬《しばいぬ》と弱者』

ルノアには、自分自身に剣を向けるエリザの意図が全くわからなかった。

「は……？　え……？　いやいやいや……。おかしいだろ！　なんでオレの話に乗ってこない!?　ここから逃げられるんだぞ!?　てめぇだって好き勝手したかったから、教師なんか辞《や》めて神鬼《しんき》についていったんだろう!?　それなのに、どうしてオレには協力しない!?どうして!?」

ルノアには理解できない。

自分の欲のためではなく、子供たちを守るため、悪魔に魂《たましい》を売ったエリザの考えなど。

これだけ説得しても未《いま》だに剣先《けんさき》を向けて敵意を剥《む》き出しにするエリザに、ルノアはさらに険しい表情を浮《う》かべる。

「あぁ……。そうか……。てめぇはそれでも、オレに剣を向けるのか……。よし。わかった。なら、てめぇが泣いて仲間にしてくださいって床に頭こすりつけるまで、メチャメチャのズタボロにしてやる。安心しろ。殺しはしない。殺しはな」

直後、球体の魔力に包まれ、姿を消すルノア。

エリザは剣を構えながらエマを自分の後ろへ庇い、魔眼で周囲を索敵《さくてき》する。

頭上左で魔力の出現を確認するや否や、エマを庇いながら右へ飛び、距離を取る。

球体の魔力から出現したルノアは、いつの間にか小型の曲刀を装備しており、それが何のためらいもなくエリザの頭に向かって振り下ろされる。

慌てて持っていた剣を構え、曲刀の攻撃を受けるエリザは、手に伝わってくる慣れない衝撃《しょうげき》に苦悶《くもん》の表情を浮かべた。

「くっ！　殺さないんじゃなかったの！」

「キシシッ！　大丈夫！　そう簡単に死にゃしねぇ！　その残り一本の腕をぶった斬《き》れば、てめぇも素直《すなお》にオレの言う通りにするだろうさ！」

「ちっ！」

片腕《かたうで》がない分、体を回転させることで力を加え、ルノアの曲刀をなんとか押し返す。

ルノアは無理に反発することなく、後方へ押されるがままに力を受け流し、再び球体の魔力の中へと姿を消した。

その後、二度、三度と同じような攻防《こうぼう》が続く中、エリザはカウンターの一手を見極《みきわ》めようと、魔眼で周囲を観測し続けた。

（敵の出現パターンは見切った。ここぞというところで、背後から切りかかってくるはず！　ここは敢《あ》えて隙《すき》を作り、そこを叩《たた》く！）

そう考え、わざと背後への注意を疎《おろそ》かにしつつ、すぐにそこへ剣を突き立てられるように柄《つか》を握る手に力を込めた。

「エリザ！」

エマの悲鳴に似た声が聞こえる。

直後、右脇腹に激痛が走り、そこに視線を向けると、あろうことか、円形に模《かたど》られた魔《ま》力《りょく》の小さな渦《うず》から、曲刀を突き出したルノアの手だけが突き出していた。

口から血液を噴き出しながら、エリザは苦痛に顔を歪《ゆが》める。

「まさか……。体の一部だけを転移させることができる、なんて……」

腹を貫《つらぬ》いていた曲刀が引きぬかれると、エリザは全身の力が抜《ぬ》けるようにその場に頽れた。

「エリザ！　しっかりして！」

エリザの脇腹から止めどなく流れ出す血液を、エマが必死に手で押さえる。

すでに立つことさえままならなくなったエリザの前に、飄々《ひょうひょう》と姿を現したルノアは、曲刀をぶらぶらと引っ提《さ》げて見下すように言った。

「ざんねーん！　てめぇがわざと背後に隙を作ったことなんて、オレからすれば見え見えでしたー。つーかオレがその気になったら、武器の先端《せんたん》だけ転移させていたぶることだってできたんだぜぇ？　けどあんま圧倒《あっとう》してもつまんねぇからさぁ、ちょーっとだけ互角《ごかく》に戦えてるような演出をしてやったってわけだ！　キシシッ！　どうだ、オレは優しいだろう？」


思いのほか傷が深いのか、エリザの視界はボヤけ、そのまま力なく床へと倒れこむ。

いくら空気を吸っても息苦しさが拭《ぬぐ》えず、荒くなる自分の呼吸音が耳障《みみざわ》りに激しくなっていく。


「エリザ！　エリザ！」

エマが泣いている。

助けないと。

どうして？

わからない。

支離滅裂《しりめつれつ》になっていくエリザの思考は、ただただ目の前にいるエマの心配だけに傾倒《けいとう》する。

横たわるエリザの髪《かみ》の毛を掴み、虫の息ではあるがまだ息があることに安堵《あんど》するルノア。

「しまった……。内臓までやっちまったか……。このままほっとくとそのうち死ぬな……。

ま、安心しろ。フェンリル連中が掘《ほ》り出した霊泉《れいせん》がある。オレの能力ですぐにそこへ転移すれば助かる。よかったな。てめぇの命はオレの広い心に救われるってこった」

ルノアが握っていた髪の毛を手放すと、エリザの頭はドンと鈍《にぶ》い音を立てて床へとぶつかった。

エリザの怪我《けが》を必死で押さえていたエマは、ルノアに足蹴《あしげ》にされ、されるがままに後方へと態勢を崩してしまった。

ルノアの瞳には情のようなものはなく、ただただ冷酷《れいこく》にエマを見下している。

「てめぇさえ邪魔《じゃま》しなかったら、オレはカミガカリをクライムに献上《けんじょう》して悠々自適《ゆうゆうじてき》な暮らしが約束されたはずだったのによぉ……」

ルノアに足蹴にされても尚《なお》、それを無視し、再びエリザの傷を押さえるエマを、気づいた時には思いきり蹴り飛ばしていた。

「無視してんじゃねぇ！　このガキがぁ！」

顔面を蹴られ、鼻血を流して倒れるエマ。

ルノアは持っていた曲刀を握り直し、それを振りかざしながらエマへと歩み寄る。

「使い道もあるにはあるし、生かしてやっておいてもいいなんて薄ら思ってたけど……やっぱりだめだ。てめぇの顔見てたら腹立ってきた。ちょっくら死ねや！」

第二十四話『柴犬と守りたいもの』

そうして曲刀をエマに振《ふ》り下ろそうとした直前、ルノアは何故《なぜ》だかその場で立っていることができなくなり、膝《ひざ》をついてしまっていた。

「な……？」

状況《じょうきょう》を把握《はあく》できないルノアを襲《おそ》ったのは、両足首から猛烈《もうれつ》に襲い来る激しい痛みだった。

床に両膝《りょうひざ》をつけたままそちらを確認すると、今まで虫の息だったはずのエリザが、剣を片手に、まるでゾンビのように這いながら近寄ってきていた。

ルノアの両足首の腱《けん》は見事に斬り裂《さ》かれ、そこから血液が流れ出している。

そこでようやく、死《し》に際《ぎわ》のエリザに足を斬られたのだと気付いたルノアは、苦痛に悲鳴を上げながらも、仰向《あおむ》けになり、未だに這って近づいてくるエリザの顔面を蹴り飛ばした。

「てめぇ！　ちくしょう！　なんてことしてくれやがる！」

だが、エリザの顔面を蹴るたび、怪我をした足首からは激痛が走る。

「やめろ！　近づくな！」

覆《おお》いかぶさるエリザの頭に向けて、何度も曲刀が振り下ろされる。

エリザの頭からはだくだくと血液が噴《ふ》き出すも、すでに痛みを感じていないのか、片手に剣を握ったままゆっくりと這い寄ってくる。

その異常な姿に、ルノアは乞《こ》うように叫《さけ》んだ。

「待って！　待って待って！　オレが悪かった！　だからやめてくれ！　オレが全部間違《まちが》ってたから！　そこのガキは殺さない！　傷つけない！　だからやめてぇ！」

ルノアに馬乗りになったエリザは、持っていた剣をその眼球に差し向け、全体重を乗せる。

眼球に近づいてくる剣の刀身を握り締《し》めるルノアは、あまりの恐怖《きょうふ》に失禁し、足をばたつかせて涙《なみだ》を流した。

「やめてぇ！　やめてぇぇぇ！　やめてぇぇぇぇ！」

ズブリッ、と剣先が眼球に届くと同時に、ルノアの喉《のど》からこの世の物とは思えない悲鳴が上がる。

刀身を握る手から血液が噴き出し、そのせいでエリザの体重が乗った剣が滑《すべ》り、さらに剣先は眼球へと食《く》い込《こ》んだ。

「ぎゃあああああ！　お願いだから！　待ってってってば！　オレは怪我したら転移できね

えんだって！　だからぁ！　やめてっ！」

その後も剣は、ズブズブとゆっくり突き進んでいく。

しかし、その剣先がルノアの脳に到達《とうたつ》するよりも前に、右脇腹から血液を流し過ぎたエリザは、ごろんと力なく横へと倒れてしまった。

眼球に刺《さ》さった剣を引き抜き、絶叫《ぜっきょう》するルノアを他所《よそ》に、エマはすかさず倒れこんだエリザの頭を抱え起こした。

「エリザ！　しっかりして！　エリザ！」

エリザの瞳からはすでに光が失われていて、全身が驚《おどろ》くほど冷たくなっている。

すでに何も見えなくなったエリザの耳に、エマの声だけが届く。

「……泣いてちゃだめよ、エマ」

「エリザ！」

「……怪我、してない？」

「……うん。エリザが助けてくれたから……」

「そう……よかった……」

「エリザ！　目を開けて！」

「泣き虫ね……。だから……子供は嫌いなのよ……」

「エリザ！　エリザ！」

「……………」

そして、エリザは息を引き取った。

エマがどれだけ名前を呼んでも、もう反応することもない。

悲しみに暮れるエマの背後には、片目を潰《つぶ》され、怒気《どき》に震《ふる》えるルノアが曲刀を片手に膝だけでなんとか立ち上がった。

「こ、このぉ！　よくもオレの目を！　この死にぞこないがぁぁぁぁ！　雑魚《ざこ》のくせに最後まであがいてんじゃねぇよ！　このクソ野郎《やろう》がぁぁぁぁ！」

力任せに曲刀を振り回すルノアの残りの眼球に、トスッ、と軽い音と共に一本のクナイが突き刺さる。

完全に視界を奪《うば》われたルノアは、思わず曲刀をその場に投げ捨て、両手で顔を覆って座《すわ》り込んだ。

「あぁぁぁぁぁぁ！　ちくしょうぉぉぉ！　なんでこんな……。オレが何したって言うんだよぉぉぉぉ！」

カツカツと力強い足音が近づいて来て、エマが顔を上げると、そこには鬼のような形相を浮かべたツカサがいた。

「ツカサ！」

ツカサはエマと、エマが抱《だ》きかかえ、すでにこと切れているエリザを見ると、悲しそうに眉《まゆ》をひそめた。

「すまない……。見つけるのに手間取った……」

ふるふると首を横に振り、涙を流すエマはエリザを抱きしめながら言う。

「エリザが……。エリザが、ボクを守ってくれた……。命がけで……。死ぬ間際《まぎわ》まで……」

「そうか……。エリザの遺体はあたしが必ず持ち帰ろう。きちんと埋葬《まいそう》してやらないとな」

「うん……うん……」

ツカサは苦痛に悶《もだ》え続けるルノアに視線を戻《もど》すと、再び殺気を放つ。

「おい。ルノア、と言ったな。よくも仲間を攫《さら》ってくれたな」

「うるさぁあい！　今オレはそれどころじゃねぇんだよ！　見てわかんだろうが！　両目と両足やられてんだぞ！」

「おっと。これは返してもらうぞ」

ルノアの眼球に刺さり続けていたクナイを乱暴に抜き取ると、ルノアはその場に転がるように身をよじらせた。

「あぁぁぁぁぁ！　いてぇぇぇぇぇ！　この野郎！　ぜってぇ殺してやる！」

「……ふむ。痛みで転移もできないのか。使えないな」

「うるせぇぇぇ！　こんな状態でできるわけねぇだろ！」

「行くぞ、エマ。こんな奴《やつ》、殺す価値もない」

　エリザの死体を背負い、その場から離《はな》れようとするツカサに、ルノアは急にこの場に置き去りにされることが恐《おそ》ろしくなり、乞うように笑《え》みを浮かべた。

「ちょ、ちょっと待てよ……。まさか置いていく気じゃねぇよな？　オ、オレは転移スキル持ちだぞ⁉　滅多《めった》に持ってる奴がいないレアスキルだ！　仲間にすれば役に立つぞ⁉」

「必要ない」

「どうして⁉　転移スキルだぞ⁉　回復スキルと同じ……いや、それ以上に貴重なスキルだ！　わかるだろう⁉　オレはこんなところで死んでいい人間じゃないんだ！　この程度の傷、まだ治せる！　あ、も、もしかしてそいつを殺したことを怒《おこ》ってるのか⁉　だったらそれは誤解だ！　オレはそいつを救う気だった！　本当だ！　そそそ、それにガキももう殺そうとしたりしない！　望むなら足だって舐《な》める！　だからお願いだ！　オレを置いていかないでくれ！　目が……目が見えないんだ！　頼《たの》む！」

「勝手に野垂れ死ね」

その場から離れるツカサとエマの耳には、懇願するルノアの声がいつまでも聞こえていた。

第二十五話『柴犬と最後の戦い』

ツカサが煙幕《えんまく》を使い、エマたちの救出へ向かった直後、記録神は一体のキメラを肉の剣《けん》へと変化させた。

牙《きば》を剥き出しにし、攻撃《こうげき》に備える俺《おれ》に、記録神は首を傾《かし》げる。

「あれ……？　カミガカリの力は使わないの？　食べなくてもその魔力を供給するだけで覚醒《かくせい》できるんだよね？　ずっと前にも、君たちみたいにカミガカリを体に取り込まなくても、魔力を取り込むだけで一時的に覚醒できるフェンリルがいたんだよ」

こいつ……そこまで知ってるのか。

なら、覚醒時間の限界が三分しか持たないこともバレてると考えた方がいいな。

「はっ。さすが記録を引き継《つ》いでるだけのことはあるな。こっちの手の内はバレバレってわけだ」

記録神がタンッ、と地面を蹴ると、一気に眼前まで距離を詰《つ》めてきた。

速い！　移動系スキルか⁉

不用意に敵の攻撃を避《よ》けてしまえば、後ろにいるソフィアに攻撃が当たってしまう。

そのため、接近した記録神が振ったキメラの剣を、避けずに爪《つめ》で叩き落とす。

そんな攻防を一瞬《いっしゅん》のうちに五回繰り返すと、記録神はまたタンッ、と地面を蹴り、やや距離を取った。

「あはっ！　さすがフェンリルだ！　『スレイプニル』の《瞬走《しゅんそう》》程度の速さじゃ、全部見切られるね！　困ったなー。これが僕《ぼく》の最速スキルなんだよね」

最速……？

「どういう意味だ？　お前は前回、フェンリルを死に追いやっただろう？　《神速》はどうした？」

「……ぷっ。君は本当に何も知らないんだね。いいよ。教えてあげる。同じ唯一神《ゆいいっしん》候補でも、入手できる神格スキルは異なるんだよ。どのように、どのような経験値を積んだか。それ以外にも中に入っている魂の強さや考え方、ありとあらゆるものが影響《えいきょう》し、入手できる神格スキルは姿を変える。たしかに僕は前回のフェンリルの命を奪った。だけど、そのフェンリルは《神速》なんてスキルは持っていなかった」

信仰心《しんこうしん》の量に合わせて、決められた順に神格スキルが入手できるんじゃないのか……。

普通《ふつう》、そんなことに気付ける奴はいない。

こいつは間違いなく、これまでの選定の儀の記録を引き継いでるってわけか。

記録神は、キメラで作った剣を自慢《じまん》げに手で叩いてみせた。

「ちなみにこれは『武具神《ぶぐしん》アテナ』の《命剣《めいけん》》っていうスキルでね、自分の部下や信者を自由に武器化することができるんだ。使い捨てなんだけど、供給する魔力の量によってそれなりに強くなるから、結構使えるんだよね。《狼の大口《ネメシス・アギト》》みたいなコピー系スキルも使えればよかったんだけど……」

記録神が持っていた剣が黒ずみ、そのままパラパラと朽《く》ち果てると、さも当然のように次のキメラがやってきて、またもや同じように剣へと姿を変えた。

「他人の命を使い捨てにする神格スキルか……。唯一神候補ってのは、ほんとにロクな奴がいねぇな」

「人間に肩入《かたい》れするフェンリルが特別なんだよ」

記録神が剣を横に振ると、遠巻きにこちらを見ていたキメラたちが一気に槍《やり》へと姿を変える。

「ほら見て！　こんなこともできるんだよ！」

記録神が剣を頭上へと掲げると、それを号令にし、周囲で槍へと姿を変えたキメラたちが、弧《こ》を描《えが》くように一斉《いっせい》にこちらへと飛びかかってくる。

頭上から降り注ぐ槍の雨……。

密集してはいるが、体の小さい俺ならいくらでも潜《くぐ》り抜けられる。

だが、今はソフィアを守ることを優先しなければならない。

横目にソフィアを見ると、怖《こわ》がる様子もなく、ただただしっかりと記録神の姿を捉《とら》えていた。

ソフィアはわかってる。

今は記録神の隙をうかがうことに専念すべきだと。

そうだ。それでいい。

カミガカリで俺を強化できる時間はたった三分。

しかも、連続使用はできない。

その三分ですべてを決するには、今は敵の観測に専念した方がいい。

大丈夫《だいじょうぶ》。ソフィアは俺が守ってやる。


「《狼の大口《ネメシス・アギト》》！」

足元の影《かげ》からズブリと出現するフェンリルの頭部。

それが俺とソフィアを一緒に口の中にすっぽりと収めると、そこへ次々とキメラの槍が降り注ぎ。

だが、《狼の大口》《ネメシス・アギト》で出現させたフェンリルの頭部はそんなことではびくともせず、槍は次々と自壊《じかい》し、粉々になって消えていった。

すべての槍の雨を凌《しの》ぐと、記録神は驚いたように目を丸くした。

「へぇ、すごい！　《狼の大口》《ネメシス・アギト》を防御《ぼうぎょ》に使うなんて！　……今までのフェンリルは一度もそんな戦法を取らなかったよ。記録にないことするなんて、ちょっとズルいよね……」

「バカ言うな。今までの選定の儀の記録を引き継げる方がどう考えてもズルいだろ」

「……まぁいいや。僕と君との差は、その程度ではどうやっても埋《う》まらないんだしね。だってこっちはいくつ神格スキルを持ってると思ってるんだよ。まだまだ山のようにあるんだよ？　君たちは他の唯一神候補を殺して、ようやくその中の一つの神格スキルを手に入れることができる。だけど僕は違《ちが》う。僕は他の唯一神候補を殺せば、その全ての神格スキルを手に入れることができるんだ！　しかも、その神格スキルを次の選定の儀にも引き継げる！　これもう負ける理由とかないでしょ！」

神格スキルの強さは数では決まらない。

その証拠《しょうこ》に、記録神自身、使用する神格スキルに偏《かたよ》りがある。

今も常に背後の魔《ま》法陣《ほうじん》から伸《の》びている化け物の巨大《きよだい》な腕《うで》。

あれは使いやすいのかしょっちゅう目にする。

つまり、いくら神格スキルを持っていても、それを使うのが記録神本人一人である以上、数の差よりも、一つ一つの神格スキルを攻略《こうりやく》する方が大事ということだ。

記録神は恨《うら》めしそうにソフィアを睨《にら》む。

「けどまぁ……。さすがに防御に専念されたら、カミガカリを奪うのは少し難しいかもね」

今度はこちらから地面を蹴って接近すると、記録神はキメラの剣を構えなおした。

「なんだ。防御に専念するんじゃないんだ。ふーん」

たしかにソフィアを確実に守るためには、常にソフィアと共に行動し、防御に重点を置いた方がいい。

しかし、それじゃだめだ。

俺は今ここに、勝ちに来てるんだ。

だったらこちらから攻《せ》め、より多くの情報を得る必要がある。

「《爪撃《そうげき》》！」

爪に赤い魔力が集中し、それを思いきり振ると、三本の斬撃となって前方へと飛び出した。

飛んでくる斬撃に、記録神は剣を持っていない方の手を突《つ》き出した。

「《甲魔壁《こうまへき》》」

記録神の目の前に、半透明《はんとうめい》で緑色の亀《かめ》の甲羅《こうら》が出現すると、俺が飛ばした斬撃はそれにぶつかり、速度を増してこちらへまっすぐ返ってきた。

反射効果付きの防御か……。

遠距離《えんきより》攻撃《こうげき》は得策じゃないな。

反射された斬撃がソフィアには届かない角度であることを確認《かくにん》し、上空へ飛んでそれを避ける。

跳《は》ね返ってきた斬撃が地面に三本傷をつけると同時に、前方だけを守っている《甲魔壁》の背後へと回り込み、今度はゼロ距離で攻撃を行う。

「《狼の大口《ネメシス・アギト》》！」

これならどうだ！

足元の影から出現するフェンリルの頭部。

その牙が敵を捕《と》らえる直前、記録神は回避《かいひ》行動を取りつつ、背後に出現させていた化け物の腕をつっかえ棒にする。

しかし、化け物の腕は一瞬牙《いっしゅんきば》の進みを遅《おそ》くしただけだった。

その一瞬生じさせた遅《おく》れの間に転がるように安全な場所へ距離《きより》を取った記録神は、腹立たしそうに舌打ちをした。

「ちっ……。ちょこまかと動き回って鬱陶《うっとう》しいなぁ……。これでも食らってろ！」

すぐさま身を翻《ひるがえ》し、回避と同時に再び背後に魔法陣を出現させ、そこからはまたもや化け物の腕が伸びてくる。

それが力拳《ちからこぶし》を握《にぎ》ると、こちらに向かって凄《すさ》まじい勢いで射出された。

ん……？　この攻撃……。まさか……。

咄嗟《とっさ》にその場から動かずにいると、突き出された拳は俺にはぶつからず、すぐ横の地面を抉《えぐ》り、大穴を開けた。

自身の攻撃が外れたことが不思議なのか、記録神は目を白黒させている。

「な、なんだ……？　避けた……？　いや、違う。僕が攻撃を外した……？　馬鹿な……」

不意に訪《おとず》れた、記録神の異変。

突然《とつぜん》俺への攻撃を外し、そのことに酷《ひど》く動揺《どうよう》している。

やっぱりさっきの攻撃は完全に狙《ねら》いが俺から逸《そ》れていた……。

だけどどうしてだ？　何故《なぜ》そんなことが起きる？

疑惑《ぎわく》に答えが出ないまま、記録神は頭をかいた。

「『阿修羅《あしゅら》』の《鬼《おに》の手》は威力《いりょく》、速度、精度共に最高レベルの神格スキル……。それが外れるなんてことはありえない。つまり、君が僕にバレないように何か仕掛《しか》けたに違いない！」

「いや……。別に何もしてないが……？」

「黙《だま》れ！　もう遊びはおしまいだ！　確実に殺してやる！」

記録神の背後にいくつもの魔法陣が出現し、まるで千手観音のように何本もの化け物の腕が生えてくる。

それらの一本一本が凄まじいほどの殺気を放っており、今までの比ではないほどの魔力を帯びている。


「死ね！　フェンリル！」


《神速》を使い、横へ回避すると、繰《く》り出される化け物の拳は明らかに俺を捉え切れておらず、体にかすることもなく周辺の地面を削《けず》り続けるだけだった。

この異常事態に、これまでずっと余裕《よゆう》の表情を浮かべていた記録神だったが、一転して真っ青な顔に変わっていた。

「どうしてこんなに当たらないんだ……？　こんなこと今までなかった！　僕は最強だ！

こんなに攻撃が当たらないなんてこと、あるはずがない！」

敵の攻撃が止まると、俺も《神速》を解除し、頭を抱える記録神を睨みつける。

全く当たらない、精度が高いはずの攻撃。

そのことに困惑《こんわく》する記録神。

対峙《たいじ》している俺は、その理由をなんとなく理解し始めていた。


「どうして攻撃が当たらないのか教えてやろうか？」


俺の言葉に、はっと顔を上げる記録神。

「や、やっぱり何かしてるのか！　そうなんだろ！」

「いいや。俺は何もしてない。ただ、お前が攻撃を外している。それだけだ」

「だからそんなことありえないって言ってるだろ！　この《鬼の手》は、前回の選定の儀《ぎ》でフェンリルを追い詰めた最強のスキルだぞ！　あの時どれだけ技を洗練させたと思ってるんだ！」

「原因はそれだ」

「な……？」

「お前は前回の選定の儀でフェンリルを倒《たお》すため、技を磨《みが》いた。フェンリルの一挙手一投足を見逃《みのが》さず、少しでも隙があればそこをつけるように極《きわ》めた。そしてその経験はお前自身にそっくりそのまま引き継がれた」

「そう……。そうだ。僕はフェンリルを倒すため、その動きを、スキルを、体格を、すべて完璧《かんぺき》に見極めて！　…………完璧に…………みきわ……めて…………？」

どうやら記録神も、過去のフェンリルと、今目の前にいるフェンリルとの決定的な違いに気が付いたらしい。

「そう。お前は過去のフェンリルと死闘《しとう》を繰り広げ、その経験を忘れまいと記憶《きおく》に深く刻《きざ》み込んだ。フェンリルの動きを！　スキルを！　そして、体格を！」

愕然《がくぜん》とする記録神に、俺は言い放つ。

「俺の見た目は、柴犬だぁぁぁぁぁぁぁぁぁぁぁぁ！」

第二十六話『柴犬《しばいぬ》と攻略』

かわいくないという理由だけでかっこいいフェンリルの姿を奪われ、こんな柴犬へと変えられてしまった時はあまりの理不尽《りふじん》になんど世の中を恨んだことか……。

しかし、それが功を奏した。

「前に言ってたよな？　お前はフェンリルを攻略するために、何度も選定の儀を無駄《むだ》にしたって。つまり、フェンリルに対する膨大《ぼうだい》な量の知識を引き継ぎ続けてきたわけだ。その経験が！　お前の動きを狂《くる》わせた！　柴犬の姿をしている俺と、引き継いだ記録の中にいるフェンリルとの圧倒的《あっとうてき》な体格差に、お前の脳は追いついていない！　だから攻撃が当たらないんだ！」

「あ、ありえない……。そ、そんなこと……。僕の経験が……僕の邪魔をしてる……？　は、はは……。だったら――」

愕然とする記録神は、一転して俺を睨みつける。

「――当たるまで攻撃をすればいいだけだろうがぁぁぁ！」


無規則に乱打される化け物の腕。

それはまるで壁《かべ》のように俺の前に立ちはだかる。

隙間《すきま》なく埋め尽《つ》くされるいくつもの拳。

たしかにこれならば避けようがない。

だが、こいつは忘れている。


「《狼の大口《ネメシス・アギト》》オォォォォォォ！」


俺の足元の影から出現する巨大なフェンリルの頭部。

それが何本もの拳の壁とぶつかり、すべてが粉々に砕《くだ》け散った。

記録神は上空へと飛んでいる。

いや、俺が《狼の大口《ネメシス・アギト》》を出現させるよりも前に、すでにこうなることを予想して上空へ身を翻していた。

記録神の手には、いつの間にかキメラで作られた一本の剣が握られている。

「そうくると思ってたよ、フェンリル」

「あぁ。俺も避けられると思ってたよ」

俺たちは間髪《かんはつ》を容《い》れず、次のスキルを発動させる。

「《狼の大口《ネメシス・アギト》》オオオオオオオオ！」

「《甲魔壁《こうまへき》》！」

俺の《狼の大口《ネメシス・アギト》》はたしかに強力だ。

攻撃力《こうげきりょく》も防御力《ぼうぎょりょく》も、ずば抜《ぬ》けている。

しかしその分隙《すき》は多いし、消費する魔力《まりょく》も桁違《けたちが》い。

記録神が出現させた《甲魔壁》は俺の《爪撃《そうげき》》で傷一つつけられなかった。

しかも、《爪撃》を跳ね返し、さらに速度まで上昇《じょうしょう》させた。

《甲魔壁》に《狼の大口《ネメシス・アギト》》が跳ね返されるとは思わない。

俺の《狼の大口《ネメシス・アギト》》はそんなに甘《あま》くはない。

だがそれでも、《狼の大口《ネメシス・アギト》》が《甲魔壁》を噛《か》み砕くまでは、ほんのわずかに時間がかかる。

そのわずかな時間、上空から攻撃を仕掛けた記録神の剣は間違いなく俺に届く。

だがそれは、俺の《狼の大口《ネメシス・アギト》》が《甲魔壁》を破壊《はかい》するため、わずかに遅れた場合の話だ。

記録神は俺を心底警戒《けいかい》している。

俺だけを、警戒している。


だから、お前は負けるんだ。


記録神は気づいていない。

俺が《狼の大口《ネメシス・アギト》》を放つ直前、その背後でこっそり距離を詰めていたソフィアが、激しい光を放つ魔法《まほう》、《聖閃光《グリント》》を発動していたことに。

俺の背後で激しい光を放つグリントにより、俺の足元にあった影は前方へ伸び、そこにある城の外壁《がいへき》へと大きく映し出された。

そして、《狼の大口《ネメシス・アギト》》は俺の影から出現する。

そう。つまり。

俺は記録神と対峙したまま、記録神の背後に《狼の大口《ネメシス・アギト》》を出現させることに成功したのだ。

《甲魔壁》は前方にのみ機能する防御スキル。

ゆえに、後ろからの攻撃に対してはあまりに無防備。

記録神は《狼の大口《ネメシス・アギト》》が足元の影から出現することを把握していたのだろう。

それが何故か背後から自分に向かって口を広げている異様な現実に、額に汗《あせ》を滲《にじ》ませてカッと目を見開くことしかできなかった。

「どうして……後ろから……？」

次の瞬間《しゅんかん》、記録神の下半身は《狼の大口《ネメシス・アギト》》の牙の向こうへすっぽりと姿を消した。

残った上半身は力なく、ドサリと音を立ててその場に落下する。

「うう……。ぼ、僕が負けるのか……？　こんなに強くなったのに……？　ど、どうして……？」

迫《せま》りくる死を受け入れられないのか、上半身だけになった記録神は悔《くや》しそうに爪を地面に突き立てた。

「信じないぞ……こ、こんな……」

ザッザッザと、足音を立ててソフィアが近づいてくると、最早《もはや》虫の息になった記録神を見下ろした。

「記録神クライム……。あなたの負けです」

今にも死にそうな記録神は、目を見開いてソフィアを睨む。

「ふざけるな！　僕は負けてない！」

「あなたは私を見誤った。私を、自分を強化するための材料としてしか見ていなかった。タロウ様は違う。私を守りながらも、常に私を頼《たよ》りにしてくれた。私を信じてくれた。だから、あなたは負けたんです」

悔しさで血の涙を流す記録神は、力任せに地面をひっかき、その力でペキペキと爪が剥《は》がれ落ちた。


「……できれば、こんなところで使いたくはなかった……」


意味深なことをつぶやく記録神。

「なんだ……？　なんの話だ……？」

記録神を中心に、巨大な魔法陣が広がり始める。

「ソフィア！」

「タロウ様！」

ソフィアの襟首《えりくび》に噛みつき、魔法陣から一息に離れる。

記録神はその中央で、本物の悪魔《あくま》のような不気味な笑みを浮《う》かべていた。

「前回の選定の儀で唯一神に上り詰めた時、僕は魔物《まもの》を生き返らせたんじゃない！　こいつを生き返らせた副産物で、魔物も生き返っただけだ！」

ネオルチア全体が振動《しんどう》し、次々と民家が倒壊《とうかい》し、後を追うように城も瓦礫《がれき》へと変わっていく。

「ここネオルチアに封印《ふういん》された、魔物の頂点！」

やがて地面がひび割れ、底さえ見えない奈落が出現し、ガラガラと崩《くず》れ落ちた城が呑《の》み込まれていく。

「魔王《まおう》ルシファー！」

第二十七話『柴犬と覚醒』

奈落から這《は》いずり出してきたのは、この世の物とは思えない、真っ黒で無機的な人型の何か。

邪悪《じゃあく》を練り上げて作られたような悍《おぞ》ましい姿。

体から伸びる何本もの鎖《くさり》が、奈落へと続いている。

そうか……。

国中から漂《ただよ》っていた邪悪な臭《にお》いの原因はこいつだったのか……。

土地に繋《つな》がった鎖はなんだ？

封印……？

わからない……。

わからないが、こいつがこの世界に存在してはいけないことだけは確かだ。

「僕はこの肉体を捧《ささ》げ、魔王ルシファーと融合《ゆうごう》する！」

おぼろげな輪郭《りんかく》でできたルシファーの黒い両手が、まるで水でもすくうように記録神を持ち上げ、そのまま口があるべきところからゴクリと飲《の》み込《こ》んだ。

しばしの沈黙《ちんもく》の後、黒い人型から伸びた何本もの鎖が次々と切断され、それが勢いよく周囲へ飛び散り、民家を根こそぎ吹《ふ》き飛ばしていく。

それまで黒い輪郭しかなかった黒い人型に、にんまりとほくそ笑む巨大で真っ赤な口が浮かび上がった。

その口から、記録神の声が響《ひび》き渡《わた》る。

「これが僕の、正真正銘《しょうしんしょうめい》の最終兵器だ！　この世界ごと消し飛べ、フェンリル！」

叫《さけ》びは衝撃波《しょうげきは》となり、空に浮かぶ雲を一瞬で吹き飛ばした。

眼前に立ちはだかる圧倒的絶望。

だけど……不思議だ。

敵は今まで見たこともないほど強力で凶悪《きょうあく》な臭いを放っているのに、一切《いっさい》負ける気がしない。

横にいるソフィアと目が合うと、俺と同じ気持ちなのか、ありえないことに小さく笑みを浮かべている。

ソフィアは俺の首元にそっと手を添《そ》える。

「タロウ様……。私の中に存在する、すべての魔力をタロウ様に捧げます。だから、タロウ様――」

ソフィアの手を通し、温かい魔力が体の中に巡《めぐ》っていく。

「――世界を、救ってきてください」

「任せろ！」

ソフィアから流れ込む大量の魔力。

全身を纏《まと》う魔力が炎《ほのお》のように揺《ゆ》らめいて、激しく燃え広がっていく。

「《狼の大口《ネメシス・アギト》》オオオオオオオオオオオオオ！」

俺の足元の影から出現したのは、フェンリルの頭部……だけではない。

太くたくましい爪。

白く鋭《するど》い牙。

雄々《おお》しい尻尾《しっぽ》。

そこには一頭の巨大なフェンリルがいた。

魔王ルシファーと記録神が融合した黒い人型よりも、青白く光るフェンリルの方が一回りも二回りも巨大に膨《ふく》らんでいく。

一見しただけで理解できる、その圧倒的なまでの力量差に、記録神は悲鳴に似た叫び声を上げる。

「死ねぇぇぇぇ！　フェンリルゥゥゥゥゥゥゥゥゥ！」

記録神の口から真っすぐに黒い光線が発射され、俺が出現させたフェンリルへと勢い良くぶつかった。

だがフェンリルの体はそれをものともせず、いくら光線が体に降り注いでも、それらは放射状に弾《はじ》かれるだけだった。

ゆらりとフェンリルが口を開くと、次の瞬間には降り注ぐ光線ごと、一息に記録神の頭部をバックリと捕食《ほしょく》する。

失った首の切断面から、大量の黒い血液が周囲へ飛び散り、そのまま力なくズシンとう

つぶせに頽れた。

たったの一撃《いちげき》。されどそれはまさしく、神の一撃であった。

役目を終えた巨大なフェンリルは、霧散《むさん》するように消え去り、残されたのは徐々《じょじょ》に蒸発していく首を失った記録神の肉体のみ。

首を失ったはずの記録神の残骸《ざんがい》が、情けない声を漏《も》らす。

「え……？　ちょ、ちょっと待って！　僕、死ぬのか⁉　なんで⁉　まだ全然戦ってない！　ここからが本番だろ⁉　なのに、一撃で殺される⁉　そんなの許されるわけがない！　魔王だぞ⁉　この程度でやられるわけないだろ⁉　そ、そうだ！　まだ何か手があるはずそうに違いない！」

懇願《こんがん》するようなその叫びに、無慈悲《むじひ》な返答が飛んでくる。

「お前様はもうすぐ死にます」

突如俺《とつじょおれ》たちの目の前に現れたのは、一人の少女だった。

両目には目隠《めかく》し、手足は拘束《こうそく》され、翼《つばさ》だけが大きく羽ばたき、直立した姿のままゆっくりと地面に降り立った。

翼の生えた少女……。

記録神を担当している女神《めがみ》か……。

女神の言葉に、記録神が慌《あわ》てて声を張る。

「メッシュ！　ちょ、ちょっと待て！　ぼぼぼ、僕は死んだらどうなる⁉　記録は引き継がれるんだから、生き続けられるってことだよなぁ⁉」

「必要な記録は引き継がれます。お前様の魂《たましい》は死にます」

「魂は、死ぬ……？」

「死にます」

すでに体のほとんどが蒸発してしまった記録神が、泣き喚《わめ》くように声を震《ふる》わせた。

「いやだぁぁぁ！　死にたくない！　死にたくない！」

「お前様のそういう弱いところが好きです」

「助けてよぉぉぉ！　どうして僕だけこんな目に遭《あ》わなくちゃいけないんだぁぁ！」

「お前様が弱いからです。愛《いと》おしいです」

記録神の体はもう一部しか残っておらず、声もゆっくりと小さくなっていく。

「僕は……ただ……強くなりたかっただけなのに…………どうして――」

完全に体が蒸発すると、記録神の声も聞こえなくなった。

それを見届けたソフィアが、どこか安心したように言う。

「これで終わったんですね……」

「あぁ。そうだな」

ソフィアの声に呼応するように、溌剌《はつらつ》とした声が届く。

「おめでとう！　タロウくん！」

見ると、いつの間にかリリーがすぐそばでふわふわと浮遊《ふゆう》していた。

リリーは嬉《うれ》しそうに言う。

「やったねタロウくん！　これで晴れて唯一神だよ！　ぱちぱちぱち～！」

「あんまり実感がわかないけど……これで本当に、どんな願いでも一つ叶《かな》えてもらえるのか？」

「うんっ！　もっちろん！　……あ、けどちょっと待ってね。リリー、その前に一つお仕事を終わらせなくちゃいけないの」

「仕事？」

リリーは一瞬でメッシュと呼ばれた女神の前まで移動すると、その頭にぽんと手を乗せた。

リリーの瞳《ひとみ》の中のハートが、きらりと輝《かがや》きを増す。

「さて……『弱いもの好き』のメッシュ。汝《なんじ》は天界の掟《おきて》を破り、地上に不要な混乱を及《およ》ぼした。上級女神リリーの名のもとに、その罪を裁く。釈明《しゃくめい》があれば申せ」

普段《ふだん》とは違う堅苦《かたくる》しい口調のリリーに、メッシュはどこか諦《あきら》めたように小さく言った。

「弱いものが好きです。この世の中を弱いものでいっぱいにしたかったです。世界一強いものを作り出せば、それ以外は弱いものです」

「女神らしい良い答えだ」

メッシュの理解できない答えに、リリーは納得《なっとく》したように頷《うなず》く。

すると、メッシュの頭に触《ふ》れていたリリーの手が淡《あわ》く光り出し、次の瞬間にはメッシュは小さな粒子《りゅうし》となり、風に乗ってどこかへ消え去った。

それを見送ったリリーは、途端《とたん》にいつもの調子になってにっこりと微笑《ほほえ》んだ。

「さて！　こっちのお仕事は終わったよっ！　タロウくん！」

「……そうか。ま、今更《いまさら》あれこれ聞かないけど、リリーにもいろいろあるんだな」

「リリーはこう見えても女神様だからねっ！」

どこか自慢《じまん》げに胸を張るリリー。

不意に、覚えのある匂《にお》いが鼻をつき、そちらに視線を向けると、こちらへ歩み寄ってくるツカサとエマの姿が目に入った。

すかさず、ソフィアが興奮気味に声を張る。

「ツカサさん！　エマさん！　お二人とも無事だったんですか！」

ツカサとエマがネオルチアの外にいたことは、俺《おれ》の《超嗅覚《ちょうきゅうかく》》で知っていたが、こうして実際に目にするとほっと安堵《あんど》の息が漏れた。

ツカサが軽く手を上げて答える。

「うむ。しばらくネオルチアの外へ避難《ひなん》していたんだが、殺気が綺麗《きれい》さっぱり消えたから様子を見に来たんだ。……この穴、どこまで続いているんだ？」

ツカサは、魔王が出現したぽっかり空いた奈落の底に視線を向けている。

「あれ？　エリザはどこだ？　匂いで一緒《いっしょ》にいると思ってたんだが……」

不意に、エマが真っ赤に染めた目を細くした。

「エリザは……ボクを守って……」

ツカサも悔しそうに首を横に振《ふ》る。

ソフィアが「そんな……」と口元に手を当てた。

「そうか……。エリザの遺体は？」

「安全な場所に置いてある。あとできちんと埋葬《まいそう》する予定だ」

「あぁ……。それがいい」

神鬼《しんき》に脅《おど》され、神鬼が多くの人間を殺すために協力してきたエリザ。

彼女《かのじょ》のしたことは許されることではない。

だが、その命をもってエマを守ってくれた。

だからこの言葉を贈ろう。


ありがとう。


気づけば、さっきまで周囲にいたキメラたちが全員、一匹残らず死に絶えているのがわかった。

ツカサが訝《いぶか》しげにそれを見つめる。

「キメラが全員死んでる……。どういうことだ？」

その問いに、リリーが答えた。

「創造神の神格スキルを手に入れた記録神が創ったキメラだからねっ！　記録神が死んじ

やったことで体の中の魔力も全部なくなって、みんな死んじゃったんだよっ！」

キメラの話を聞き、すぐさまセレスティアのことが脳裏《のうり》を過《よぎ》った。

「おいリリー！　ならセレスティアは……みんなはどうなったんだ⁉」

リリーがぴんと指を伸ばすと、空中にいくつもの小窓が浮かび上がり、そこにはボロボロになりながらも、大量のキメラの死体の前で歓声《かんせい》を上げているレイナたちの姿があった。

「よかった……。みんな無事だったか……」

ソフィアも興奮気味に付け加える。

「それに町中にはほとんど被害《ひがい》はありません！　これで避難した人たちも戻《もど》って暮らせますね！」

改めて、リリーが俺にたずねる。

「それで、タロウくん。どうする？　どんな願いでも一つだけ叶えてあげられるよ？　世界をいい方に導くも、悪い方に導くも、自分のために使うのも、他人のために使うのも、ぜーんぶタロウくんの自由だよっ！」


俺の、願い……。

そんなの、ずっと前から決まってる。

「俺の、願いは――」

エピローグ

数年後、ワノイと、セレスティアは、共に国を挙げてフェンリルへの信仰《しんこう》を推進し、国民の多くもそれに同調した。

今や、それぞれの国の中央には、『犬神フェンリル・タロウ』を讃《たた》える銅像が設置されている。

目深《まぶか》にフードを被《かぶ》ったソフィアは、ちょこんと座《すわ》るタロウの銅像に目を凝《こ》らし、唸《うな》り声を漏らした。

「これではタロウ様のもふもふ感が表現しきれていません……。今度ユリアさんに会ったらクレームをつけましょう！」

ソフィアと同じく、俺も目深にフードを被りながら答える。

「そんなことにいちいち目くじら立てるなよ……。それより早く行こう」

「お二人に会うのも久しぶりですからね。元気にしてるでしょうか？」

「あぁ。元気だぞ。匂いでわかる」

「……その能力、初めて会った時の感動とか薄《うす》れませんか？」

呆《あき》れ顔のソフィアの後ろを、一人の男が走り抜ける。

その男を追うように、純白のマントを羽織った二人が人混みをかき分けてくる。

よく見れば、その二人は『白銀騎士団《はくぎんきしだん》』のミリルと、『ムーンシーカー』のリーダー、レイナだった。

ミリルが、逃《に》げる男に怒声《どせい》を張る。

「待ちなさい！　逃げても無駄っすよ！」

遅《おく》れてレイナも続く。

「ミリル！　押《お》さえて！」

「はいっす！」

ミリルが勢いよく前方に飛び出すと、逃げていた男を華麗《かれい》に押さえつけることに成功した。

「食《く》い逃げ犯、確保！」

久しぶりに見る昔の知り合いの姿に、俺は少し興奮気味に言った。

「懐《なつ》かしいな。ミリルとレイナだ。……あれ？　なんでミリルも白いマントを着てるんだ？　あれって『白銀騎士団』の制服だろ？」

「知らないんですか？　『ムーンシーカー』と『白銀騎士団』は合併《がっぺい》して、新しい一つのギルドになったんですよ？　今では自警団のようなことを中心に活動していて、町の人たちからも頼りにされているそうです。ツカサさんからの手紙に書いてましたよ？」

「俺はまだ字は得意じゃないんだ……。ツカサも『白銀騎士団』に戻ったんだろ？　大人気だな」


記録神との戦いの後、俺たち『フェンリル教団』は解散した。


そして今は、ツカサとエマはそれぞれの道を歩んでいる。

ソフィアはほくそ笑《え》む。

「それだけ居心地《いごこち》がいいギルドになったんですね」

「……ま、そういうことだな」

不意に、レイナがこちらを振り返り、首を傾《かし》げる。

「え……？　あれ……？」

その様子に、食い逃げ犯をがっちりと押さえながらミリルが聞いた。

「レイナさん？　どうしたんすか？」

「今……そこにソフィアとタロウがいたような気がしたんだけど……」

「え？　気のせいじゃないっすか？　あのお二人は、もうこの世には……」

「……そうよね。けど、私時々思うのよ。あの二人のことだし、もしかしたらどこかで生きてるんじゃないかって……」

「自分も、そうならいいなって思うっす……」

俺とソフィアは、記録神との戦いで相打ちになり、死んだことになっている。

それは俺自身が望んだことであった。

レイナに見つかりそうになった俺は、ソフィアを連れて一瞬《いっしゅん》で民家の屋根の上へと移動していた。

レイナとミリルを見下ろしながら、ソフィアにたずねる。

「けど、ほんとによかったのか……？　ソフィアまで俺と一緒にみんなの前から姿を消す必要なんてなかったんだぞ？」

「何を言ってるんですか！　タロウ様のいるところが私のいるべきところ！　地獄《じごく》の果てまでお供しますよ！」

「勝手に俺を地獄行きにするな……」

呆れつつも、民家の屋根を歩きながら目的地へ向かうと、今度はソフィアが聞いた。

「タロウ様こそ、よかったんですか？」

「何が？」

「せっかく唯一神《ゆいいっしん》になったのに、『選定の儀《ぎ》』を今後一切執《いっさいと》り行わないこと、なんてお願いをして……。もっと世界に影響《えいきょう》を与《あた》えるような願いを叶えてもらった方がよかったのでは？」

ソフィアの言う通り、俺はリリーに、『選定の儀』の制度そのものをなくすように願った。

これで今後、俺のような唯一神が現れることも、その座を巡って唯一神候補が争いあうこともない。

「いいんだよ。この先世界がどんな風に変わっていくかは、神様が決めるんじゃない。この世界に生きる人たちが決めるんだ」

だから俺は、神様である俺自身も死んだことにすることで、世界を人間に託《たく》すことにしたのだ。

神様なんてのは、それをぼんやり眺《なが》めてるくらいでちょうどいいんだよ。

ゴーン、ゴーン、と柔《やわ》らかい鐘《かね》の音《ね》が響き渡ると、俺ははっと音がした方へと目を向ける。

「やばい！　もう約束の時間だぞ！　急げソフィア！」

「あっ！　ちょっと待ってください！　ここ足場が悪いんですから！」

◇　◇　◇

セレスティアの中央からやや外れた位置に、こぢんまりとした学校がある。

そこにある運動場で子供たちが走り回り、その子供たちをツカサが追いかけまわしている。

子供たちは楽しそうにツカサに言う。

「ツカサさんはやーい！」

「こっちこっち！」

「先回りするのずるい！」

子供たちと遊んでいるツカサは、楽しそうに笑っている。

「あたしから逃げられると思うなよ！　全員捕《つか》まえてやる！」

そんな調子だったツカサが俺たちに気付くと、子供たちに手を振ってこちらへ歩み寄ってきた。

「タロウ。ソフィア。久しぶりだな」

『白銀騎士団』に入団したらしいツカサだが、トレードマークの純白のマントは来ておらず、いつもの露出《ろしゅつ》の多い黒い服に身を包んでいる。

ソフィアがトットットッと走り寄ってツカサの胸の中に飛びついた。

「ツカサさん！　お久しぶりです！　元気そうでなによりです！」

「あぁ。そっちはどうだ？　旅は順調か？」

ツカサの言う通り、俺とソフィアは今、二人で世界を巡る旅をしている。

「はい！　この前初めて魔石《ませき》機関車に乗ったんです！　すごかったですよ！」

「ほぉ。それは興味深い。今回はどのくらいこっちにいられるんだ？」

「三日ほどいようかと思ってます。その後は、今度は北の方へ行ってみようって話してるんですよ」

「北か。あっちには雪が積もってるって聞くな」

「はい！　なのでそれをお腹壊《なかこわ》すまで食べようかと！」

「動機がくだらなすぎる……。……だが、人が集まりそうなところへ行っても問題ないのか？　タロウと一緒だと目立つだろ？」

「遠方だと、タロウ様のことを知らない人ばっかりなので、私の使《つか》い魔《ま》ということでごま

かしてるので平気です！」

　ソフィアが同意を求めるようにこちらに視線を向ける。

「たしかに使い魔ってことにしてはいるけど……。ソフィアはいつも俺のことを様付けで呼ぶし、フェンリルの悪口を聞いたらすっとんで行くし、隙あらばいつもフェンリル信仰を布教してるし……正直大変だぞ」

「あはは！　タロウ様ったらご冗談《じょうだん》を！」

「笑ってごまかすのやめろ……」

　改めて学校に向かって歩を進めるツカサの後ろをついていく。

「ところで、ツカサはここの子供たちと仲いいのか？　『白銀騎士団』に入ったたって聞いたけど」

「うむ。普段は『白銀騎士団』で活動しているんだが、休みの日はここで子供たちと遊んでいるんだ」

　ソフィアが子供たちに目を向ける。

「『愚者《ぐしゃ》の蹄《ひづめ》』のメンバーとして育てられていた施設《しせつ》の子たちですね……。みんな楽しそうで安心しました」

「先生がいいからな。みんな笑顔《えがお》になる」

そんな話をしていると、学校の建物の前で、こっちに手を振っているエマの姿があった。

エマはあの戦いのあと、元教師だったエリザに影響を受け、今こうして教師として子供たちの面倒《めんどう》を見ている。

「まさかエマが先生になるとはな……。料理人を続けるものだとばかり思ってたけど……」

ツカサが言う。

「エマ曰《いわ》く、料理も教えられる先生になりたいんだそうだ」

「へぇ。……ま、子供たちにも人気そうだし、案外エマにはぴったりだったのかもな」

昔よりも少し大人びたエマは、俺たちに昔と変わらない笑顔を見せた。

「みんな、おかえり！」

あとがき

お久しぶりです。六升六郎太です。

「フェンリルに転生したはずがどう見ても柴犬」の3巻を読んでいただきありがとうございます。

今回は最終巻ということで、全巻よりも少しシビアな展開が増えてしまいました。

ですが、一巻からずっと書きたかったエマのラストが書けたのでよかったです。

まぁ、そこがシビアに拍車をかけているんですが、、
私は犬を飼ったことがないんですが、「柴犬フェンリル」を書いてると、時折犬を飼いたくなる衝動に駆られて困りました。

今住んでいるところがペット禁止なので、引っ越したあかつきには犬が帰るところにしようかと悩んでいます。

最近は家でゲームばかりしているので、犬を飼って一緒に散歩に行きたいです。

さて、「柴犬フェンリル」のコミカライズが「ヤンマガWｅｂ」様で連載開始されておりますが、読んでいただけたでしょうか?

私は誰よりも次の話が更新されるのを心待ちにしています。

何よりｓａｋｕ先生の描くヒロインがとてつもなくかわいいので、まだ読んでいないという方はぜひご一読いただければと思います!


謝辞です。

いつも細かい指示を出してくれる担当編集者様。今回もおかげさまでより良い話が書けたと思います。今後ともよろしくお願いいたします。

一巻、二巻に引き続きイラストを担当してくださったにじまあるく先生。いつも迫力のあるイラストをありがとうございました。ヒロインたちもとてもかわいくて、またいつか一緒に仕事をさせていただけましたら幸いです。

最後に、この本を手に取ってくださった読者の皆様。本当にありがとうございました。

今後ともよろしくお願いいたします。

またお会いできることを祈っています。

小説第⑩巻は2024年7月発売！
11
作画／大前貴史
原作／明鏡シスイ
キャラクター原案／tef
信じていた仲間達にダンジョン奥地で殺されかけたが
ギフト『無限ガチャ』で
レベル9999の仲間達を
手に入れ
元パーティーメンバーと世界に復讐&『ざまぁ！』します！
週刊少年マガジン公式アプリ
「マガポケ」にて
好評連載中!!
コミックス
最新第⑪巻も
好評発売中！
第⑫巻は5月9日発売!!
作画：大前 貴史
原作：明鏡シスイ キャラクター原案：tef